乐嘉

中国性格色彩研究中心创办人
“FPA®性格色彩”创始人
性格色彩传道者

演讲者

19岁成为职业演讲者，迄今国内外演讲逾千场

培训者

培训11年，客户对象遍布全球500强、国企、民企、政府及非营利性机构
西北大学、上大悉尼工商学院和河海大学的客座教授
定期为各大商学院的EMBA 、MBA 、EDP授课

写作者

专业工具《色眼识人》
专业工具《色眼再识人》
专业工具《跟乐嘉学性格色彩》
专业随笔《人之初，性本“色”》
专业随笔《让你的爱非诚勿扰》
专业随笔《爱难猜》
个人随笔《微勃症》
个人随笔《谈笑间》

电视人

《非诚勿扰》《不见不散》《老公看你的》《夜问》《首席夜话》《超级演说家》

性格色彩官网：www.fpaworld.com
乐嘉官网：www.lejia.me
乐嘉微博：http://weibo.com/lejia
乐嘉微信：lejiafpa

乐嘉／著

全新修订版

人之初，性本『色』

CNS PUBLISHING & MEDIA 中南出版传媒
湖南文艺出版社 HUNAN LITERATURE AND ART PUBLISHING HOUSE
博集天卷 CS-BOOKY

自序：放眼望去，举目皆“色”

我一直坚定不移地认为“好色”是无论男女与生俱来的天性，女人喜欢美男或男人喜欢美女，喜欢这个世界上一切美好的事物，是人的本性。如果你不虚伪，你会发现，承认这点比承认“性本善”或“性本恶”之说，更简单，更不假思索。

不过这本书，并不谈论这些。作为我最天马行空的随笔文选，此书的“性”指的是性格，“色”指的是色彩。在FPA性格色彩中，刚好提出一个最重要的概念，就是——每个人的“性格”都是天生的，前面的“人之初”三个字，正是这个意思。

本书是我平时写的一些随笔，修订过程中，删除了老版中和性格色彩无关的文章，增加了性格色彩在职场运用的六篇文章，原本想专门出本《性格色彩职场指南》，怕读者等得太久，先拿几篇来过过瘾。对于那些过去误认为性格色彩只适用于婚恋和亲子关系的人，这几篇文章小试牛刀，让你知道性格色彩应用的广袤无边。

这六篇文章中的《老板往死里骂你时，你到底该怎么做？》是我个人认为最值钱的文章，你稍微转换一下角色，就可以用于“当老爸老妈往死里骂你时，你该怎么做”“当老公老婆往死里骂你时，你该怎么做”……道理殊途同归。如果你刚好有这方面的困惑，就这一篇，你花十倍的钱也值了，因为那是很多人付出血泪的代价后才幡然醒悟的，但是醒悟的时候已经太晚，机会已经擦肩而过，没得后悔了。

本书按情感、杂谈、职场、文化分成四个部分归类，因写文章时，多是有感而发，没有太多主题限制，免不了恣意妄为，聊世界、聊人物、聊宗教、聊情感、聊性爱，算是色眼看世界的一个缩影。这些现象全部依照性格色彩系统的思维完成，虽然我无法达到叔本华“思精而笔锐”的文字境界，但我力图简单明确，让了解性格色彩的朋友觉得奇妙，不了解的朋友觉得性格色彩好玩。

终此一生做性格色彩的传道者，是我十一年前，给自己设定的一个梦想，这十一年，我对思索人性的激情越来越高，每时每刻都在琢磨如何帮助人们实现性格色彩的核心精神——“看清自我，理解他人，更好地与人相处，拥有快乐美好的生活”。

我选择培训出更多的性格色彩培训师，选择用文字的方式记录，是深知终有一日必定人老色衰口齿不清，但只要我还在思考，文字就可以传承性格色彩的精神，我希望传得再远一些。

情与欲

慧与悟

修与行

文与道

情与欲

男人真能坐怀不乱吗？

邱尼先生红杏出墙时，女友抓狂到不行。她一边抽泣，一边把对他的批判上升到“天下男人没一个好东西”的高度。虽然他的女友看上去贤良淑德，无比地大家闺秀，其实只有邱尼一个人知道那只是家教训练出来的。骨子里，女友是个生命力极旺盛的姑娘。于是邱尼慌乱中斗胆漏了一句真话，“请对我宽容，有一天，说不定你也会这样的”。这话让姑娘当场扭头就走，从此断交。

邱尼本想和我探讨“女人能抵挡住诱惑吗？”“女人真的比男人纯洁吗？”之类的问题，其实我对女人没信心与我对男人没信心是同等的。世上有种流行的观点是：“男人无所谓正派，正派是因为受到的引诱不够！女人无所谓忠诚，忠诚是因为背叛的筹码太低！”这个观点强调了诱惑体自身的质量是关键，而我却坚定地认为——是否被诱惑，除了诱惑本身大不大之外，其实与被诱惑者的性格密切相关。

女性的“贞节”，盖为对外界刺激和诱惑采取坚决抵抗和不屑一顾的态度；男性的“贞节”则曰坐怀不乱，但此两者的道德级别有所不同。女人失贞等于道德分在60分以下，在伊拉克，那是要被乱石砸死的；男人能坐怀不乱，若非性功能丧失或前列腺肥大，简直可打满分，那可真是堂堂的正人君子。

我以前理解的“坐怀不乱”，就是有相当美艳程度且吹气如兰的小妖精坐入怀中，依然下身不肿胀，还可边饮茶边读《色眼识人》，后来才知道并非如此。

书上说，柳下惠，姓展，名获，字禽，曾任鲁国监狱长。因他居官清正，不贪污受贿，不包养二奶，受同行妒忌，终郁郁不乐，弃官归隐，居住在一个叫“柳树下面的小碉堡”*（简称柳堡）*的村里，故叫柳下惠。相传某寒夜，柳下惠出差晚归，不便吵醒门卫，遂宿于郭门。有一个身份不明的女子亦来城门夜宿，柳下惠恐她冻死，让她坐在自己怀里，并解开外衣将她裹紧，拥坐了一夜，无做爱之实。于是柳下惠被誉为“坐怀不乱”的正人君子。

这当中提供给我们的信息是：第一，那名女子不是自愿坐到柳先生怀里去的；第二，柳下惠他老人家是本着救人的目的拥住女子，不是被使了美人计。这两个差别虽然并没有说明柳下惠就不是谦谦君子，但是至少不如以前所认为的那样——柳先生坚定得像地下党员。

以我的小人之心，柳先生不欺暗室终成君子之名，当然跟他在思想上一贯严格暗示自己“若有勃起之念，要手起刀落地割掉自己的小鸡鸡”有关，然而怀中女子未行挑逗之事也很助其一臂之力。设想怀里的女子温度回升，两人呼吸相闻，耳鬓厮磨。柳下惠不由得有些迷乱，有些口干，有些气喘，如果这时怀中人突然回头，像莱温斯基那样嗲声道：“先生，要不要看看我的文胸？”柳下惠恐怕要昏厥过去。这至少在相当程度上减少了他犯错误的可能。要知道在夜深月明和肌肤相亲中抵抗诱惑，不是那么容易的。除非他的性格是黄色，知道自己要什么，那么就还有另一种可能——他有其他更为有力的诱惑。

在那个空气中都弥漫着纯洁的古代，在那个大家都发乎情止乎礼的古代，在那个道德感非常发达的古代，这种情况是完全可能的。假设柳下惠是黄色性格，这个诱惑就是“想做圣人”。柳下惠如果是以此为目标，那么可想而知，在终极理想面前，一切诱惑都会相形见绌，而且越是强大的诱惑就越有挑战性。他们视越美的美女为越大的大便，这在心理学上是完全说得通的。这种想象让他们在修炼自己抵抗能力的同时，内心也会好受一些。

须知，做圣人是要付出代价的。

你能躲过外遇之劫吗？

《男人真能坐怀不乱吗？》一文中，我用柳下惠的故事来推断此公的性格；而我的朋友小昊用《喻世明言》中歌妓红莲与水月寺玉通禅师的典故得出推论——男人都是肉食动物，坐怀不乱这种事儿定是编的。不可能！绝不可能！！绝对不可能！！！

看来小昊对男人很没信心，用了三个感叹号。引用典故如下：

> 因玉通禅师没有参加新任地方官的欢迎仪式，长官非常生气。听说玉通禅师道行深厚，便寻思如何破了玉通的元阳以羞辱他。于是，此官请了一位名唤红莲的歌妓，叫她去水月寺哄那玉通禅师行云行雨，拿得证据后，红莲就可从良。
>
> 红莲扮作上坟的寡妇，因风雨阻住，要求在寺里过夜。夜深人静之时，她又借口天寒无衣，利用禅师的慈悲心进了禅房。之后又在禅房内哀

声叫痛一个更次，禅师忍不住问道："哪里疼痛？"红莲便说自己有肚痛的毛病，早先丈夫就脱了衣服将自己搂在怀里，用热肚皮暖冷肚皮就不疼了。这么着，禅师便着了道，一俟抱红莲入怀，就由不得自己了。一来二去的，遂成就了云雨。

今日在此，我不来求证这个典故的虚实。现实生活中，一个身心正常的男人，让有相当美艳程度且吹气如兰的小妖精坐入怀中，一定会乱。管他是谁，即使像绿色性格那样平稳安定的老好人，也是会方寸大乱的。这点我同意。

想起有一年在北京讲学后，被人问到如何解释老人家的外遇现象和他们可能的性格。大致情况是，某机关的长者最近形迹可疑，有黄昏恋迹象。特征有三：其一，上班时常躲在走廊尽头用手机低声细语；其二，中午时有女性来电，他会很温柔地问："刚起来啊……"然后躲出去细说；其三，常请假早退，时而神秘失踪。以上特征与长者平素形象判若两人：第一，长者素来节俭。莫说从不掏钱外出吃饭，手机也基本当摆设，有事一律用办公室电话解决问题。第二，长者工作时间不通私人电话，家中夫人绝无可能常在中午来电。据八卦高手听得，来电人似为年轻女性。第三，长者数十年出勤记录良好，偶尔请假，从不早退。如此高难度的问题，我只能回答：因为此公宝刀未老雄风犹在，定要分析性格，学员认为他是绿色性格，我表示怀疑。年轻的绿色性格尚有可能，年老的绿色性格的确少见，除非家有悍妻以致自己崩溃，否则以绿色性格的追求安稳，想来也不太会断送自己大好的退休后途。

我同意“任何人都有可能难逃外遇之劫”不等于我同意“坐怀不乱是没可能的”。

影视作品中，1995年意大利名导安东尼奥尼拍摄的《云上的日子》是最好的典范。一对互相钟情的偶遇男女，没把握首次见面的珍贵机会，数年后重逢，她把他带到家里，两人裸身相对，他与她的身体无限接近，他的手在离她身体一毫米之处游移，仿佛触摸但始终没有触及。她闭上眼，但是等来的只是他关门的声音……露水情缘以男子没理由的退却而告终。这位影视版的外国柳下惠在可以得到时刻意地放弃，以“放弃”作为永久拥有的途径。这种说法的背后伫立着典型的蓝色性格。

影视来源于生活，就像我听说的不同性格的人在网恋中表现各有不同，大多数激情型（*红色性格*）与目标型（*黄色性格*）的虎狼男女们飞奔到外地看网友很少不有云雨之事。但我的确多次听说唯美主义者们早上从上海飞到广州，到了女孩办公楼下的墙角处，无声地端视女孩的背影进进出出几次，夜晚时分，再次回到上海，继续在网上和女孩对话。

这种追求完美的精神境界就有点像《世说新语》里的“雪夜访戴”：

> 王子猷居山阴，夜里下雪，半夜醒来忽然想起好友戴安道。而戴在另外一个遥远的地方剡，王子猷立即连夜坐船就过去了。经过一夜才到，到了门口却又返回。有人问啥原因呢？王子猷答道：“我本乘兴而行，兴尽而返，既然兴致没了，又何必见呢？”

这种境界你做得到吗？

而现实版中，明知道彼此喜欢却动心不动性，赤条条躺了一个晚上什么也不做的，其中就有我一个黄色性格的兄弟。我问过这厮：“你咋做到的？”他只扔给我一句话，“游戏规则不能破坏！坏了就没得玩了”。我还没来得及打听他坐怀不乱的具体技巧，但我知道他对外遇一向的态度是——如果情人可能威胁或制约到事业发展，再大的外遇也得砍。他很清楚地知道自己要追求的事业远比情人来得重要。这兄弟天生具备成就大业所必需的一切素质：智商高，谋略过人；情商高，关键时刻果断行事；手段狠，该杀就杀，决不姑息。真像曹操的后代。

以上两者*（蓝色性格与黄色性格）*，都有可能会做到坐怀不乱。唯独可怜了红色性格——这种多情的人啊，真是悲惨，美人一来，江山什么都不是了。爱德华开了个好头，克林顿其实只是补充，但这远非历史的殿后。

偷情的艺术

偷情的前提是有偷的必要；而偷情的最高境界却是偷不着。

对于前一句，道理很明白。两人都是自由身，偷偷睡了，这不叫偷情，这是礼教害的。偷的想法是被不自由给刺激出来的。所以偷情的前提是必须有紧箍咒给套着，不能随心所欲。比如说，家里有黄脸婆，却看上了别的闺女；或是一个政界的大人物，相中了小明星之类。他或她既有强烈的出格欲望，又想维持体面，就必须偷。

对于后一句，俗语云："妻不如妾，妾不如偷，偷不如偷不着。"偷着了，两人和和美美地在一起，就失去了偷的本意，便索然无味了。所以关键是不能当真。这很难拿捏，拿捏不好就容易出事。

伍迪·艾伦的《赛末点》中，穷小子威尔顿傍上了富家女克罗伊，却一直暗地里瞄着富家子的未婚妻诺拉得不了手。老天开眼，偏偏让他偶遇与富家子分手后的诺拉，于是乎偷得如鱼得水。但好景不长，偷情很快就越了界，变成了痴缠。怀了孕的诺拉要威尔顿与妻子分手，否则就公之于众要他好看。威尔顿放弃不了已经到手的美好生活，对她的爱也并不是很深，索性干掉了诺拉。

与电影类似的俗套故事生活中也有很多，有的还可以更富有戏剧性。谁都知道，最美妙的瞬间是肥肉将到口未到口的时候，但又有谁会在生理机能正常的情况下，美味当前，只做纯粹欣赏，而不付诸行动呢？从性格角度而言，能做到的也是极为少数的那些因为更大的目标而竭力控制自己欲望的人。因为他们知道如果自己不偷，会有更多更大的刺激等待着他们；但如果他们破了规矩，可能要付出更大的代价。

本质上，有两种性格的人可以自我控制，一种是凭借道德感来自我控制（蓝色性格），另一种是凭借目标来进行自我控制（黄色性格）。前者虽然力量强大，但仍旧不如后者。

譬如《廊桥遗梦》中的女主人公最终还是中了招，但所幸遇见的摄影师是和她一样的人，不是什么难缠的主。如果她遇见的是个有强迫症或者歇斯底里又无法自控情绪的对手，那很有可能结果就是玉石俱焚。在这方面，《好奇害死猫》里的胡军与小宋佳就是很好的写照。小宋佳扮演的美容店的老板娘最终逼得胡军扮演的男主人公出手，出手时，男主人公已然精神崩溃，是游戏结束之时。

这样看来，要偷得不落俗套，偷得一尘不染，偷得齿颊留香，必须得有对他人准确的判断力和对自我强大的控制力。须知道自己何时收手，须做到能戛然而止。但是很少人可以真正有强大的自控能力，置身事外。多是因为情执，陷入软弱，就此画地为牢。所以，如果你不具备能力判断谁可碰谁不可碰，也不能自我约束，切莫轻易入局。因为，功力不够，引火上身，容易自焚。

老男人
为何吸引小女生?

但凡孤傲或看起来很不一般的女孩*(整体比例上仍是红色姑娘居多)*，容易被蓝色性格的老男人*(四十岁至五十五岁)*吸引，虽然这个年纪不算老，不过和二十出头的女孩比起来，确实显得有些老。假设女孩爱上老男人，一不是因为钱，二不是因为帅，三不是因为床上功夫，那只能说是被蓝色性格的老男人魅力所折服。

/ 老男人魅力之一——细心 /

恋父情结，对于某些女性来说是尤其重要的。老男人能敏感地发现你的情绪变化，细腻地引导你的情绪，迷迷糊糊中，你就成了听话的小绵羊。他能了解你的全部心思，他知道你的全部需要，但他不会明显地让你感觉到他早就知道，这正是他们的高明之处。最后，你对他形成了生活和精神上的双重依赖，犹如回到少时饭来张口、衣来伸手的日子，觉得他就像自己的老爸，却用不着像在老爸面前那样有所收敛。所有的事情他都能解决，不会让你跟着操心；所有的事情都能解决得很好，没搞定的他也不会告诉你，只等着你由衷地敬佩和欣喜。跟他在一起，恭喜你终于成为无忧无虑的少奶奶。

/ 老男人魅力之二——稳重 /

蓝色男人一本正经不苟言笑，条理分明循序渐进，一盘大棋下得步骤严谨，让你这个小女人除了钦佩就是崇拜。有了崇拜，就有想发嗲的欲望，末了你很想看到他笑的模样，于是你千方百计地接近他，你绞尽脑汁地吸引他，最后他给你一个含蓄的微笑，你彻底晕倒——看官须知，女人的好奇心是可以杀死人的。

/ 老男人魅力之三——耐心 /

这种珍贵的品质，对于红色和黄色这两种没耐心的女性来说非常受用。他可以不厌其烦地每天为你准备好一杯牛奶，他可以絮絮叨叨地问你头还疼不疼，感冒药吃了没……总之，他不会在电话里第一句就问“想不想我呀”之类如此“作”的话语，他肯定会先惦记你住处安排好了没，然后再嘱咐你一堆注意安全的事项。这种被老男人当作孩子照顾的感觉，让小女人感激涕零。对于大多数性体验并不丰富或者尚未开发性潜能的女性来说，精神上的满足与快乐远胜于生理上的满足。

/ 老男人魅力之四——腔调 /

当年给上海人大的官员做性格色彩领导力培训，第一次听到学员中有人提到“低调就是腔调”之时，我隐隐感觉其中暗含至深至纯的魅力摄人大法。原来，蓝色老男人的魅力在于他低调的腔调，对于见惯了男人张牙舞爪意气风发人前马后献殷勤的小女生们来说，这种魅力不仅是一种踏实的感受，更重要的是，从性格角度而言，但凡本性活跃的女人都对沉默的男人极有兴趣。一个女作家说过，男人一沉默，夜色就来临了，把女人给裹在里面。女人对于夜色，既有着无法克服的畏惧，又有着令人神往的迷恋，再飞扬跋扈的女人，也会被夜色征服的。

这就是老男人的魅力所在，他给你的是一种纯粹的精神上的满足，足以麻醉你所有的神经。女人虽然拒绝爱，但从来不讨厌男人的求爱。问题是这种老男人的方式很含蓄，欲擒故纵欲说还休，你在肯定与怀疑之间的徘徊，让他有足够的时间来表现成熟自信和对你细心的关怀，最后的结果就是你彻底爱上这个老男人。

老男人的衬托让你更靓丽，这种骄傲让你舍不得放弃；老男人的呵护让你无忧，开玩笑他也不会真生气；

老男人的稳重让你发现自己的可人和伶俐。假如这个老男人还有些金钱，那就基本满足了小女人所需要的一切。在老男人的魅力下，小女人通常彻底迷失，七荤八素神魂颠倒。

但在蓝色男人的眼里，因为他们的责任心和理智，家庭、事业、名誉皆比爱情重要，不解人意的小女人最后的结局就是输得一塌糊涂。如果遇见性情狂野视死如归的疯狂女子，只要爱情不要命，结果就是大家一起上西天；但大多数小女生下手不够凶猛，所以同归于尽的相对概率并不高，否则社会必将大乱，在电视剧《生死劫》中，沙小修迷恋上袁牧野就是这种惨不忍睹的典型结局。蓝色性格的袁牧野与搭车的红色导游沙小修发生了一夜情。沙小修被查出患有乳腺癌，袁牧野给了她不曾体验过的关爱与体贴，令她极为感动。她突发奇想，希望能为袁牧野夫妇捐献卵子。蓝色性格的袁妻林禾怀孕后，意外地发现捐卵者居然还有这样的故事。于是围绕儿子的归属，一场生死劫就此上演。

所以，但凡红色深陷迷途，自拔总是如此艰难；而蓝色因为天性里的不开阔，亦容易活在自虐的痛苦中……即便如此，仍有无数女子争先恐后地扑入到这支迷恋蓝色老男人的队伍中来。其实，不管怎样都不必忧伤，也不必彷徨，存在即合理。各位看官，控制好情绪，勿因情绪失控而伤害他人。只可惜，世间的事都是说来容易做来难。

熟女
为何吸引小男生？

《老男人为何吸引小女生？》完成后，无数清纯及刚烈女子纷纷振臂呼应，应验了文末所指——普天之下，“明知山有虎，偏向虎山行”的女子们的数量只会与日俱增。读者中的男同胞们亦积极窥探，大抵希望能从文中看出姑娘们在想些什么，然后从老男人身上取经一二，加以效仿，就算没有神似也有形似，就算没办法瞬间得到老男人的钱财也可借点腔调过来，从而提升自身的武装，去征服更多的美眉。

按照字面意思的传递，“老男人”听上去是褒义，而“老女人”不仅不中听且略有阴毒之风，实在有不积口德之嫌，故此文标题改为“熟女”。本文中所指“熟女”为三十岁到五十岁之间具成熟风韵的女性，“小男生”多指十八岁到三十岁的少壮派。遗传学向来吹捧“老夫少妻”之搭配，远的像孔子他七十二岁的爹和十八岁的娘，而杨振宁翁帆配的后尘这算近的。总之，中国文化中除了一句“女大三，抱金砖”的民间口号外，少有实质性吹捧“姐弟恋”的，这对于大多数男性来讲，尤其是对情感炽热但事业受阻的男子，或情感脆弱但智商极高的男子而言，确是大大的憾事。虽然有恋母情结的男人的比例远低于有恋父情结的女生，但男子遇见成熟的好女人，悟性若被瞬间开透，不尽幸福将滚滚而来。

除却富婆包养的因素之外，大女人对小男人的致命吸引至少如下：

/ 熟女魅力之一——对事业的理解和支持 /

小女人擅长每日里以“你爱不爱我啊？”“那你到底喜欢我有多少呢？”“我是不是你的唯一啊？”之类的吴侬软语纠缠。她们用发嗲作为自己的精神食粮来打发爱情的时光；她们对于爱情的全部理解是由“卿卿我我＋形影不离＋唯恐天下不知相爱”三部分构成的；她们不明白男人需要事业的真正内涵；她们也不明白对于大多数男性而言，“事业胜于爱情”的本质意味深长；她们更不知做什么方可助郎君一臂之力。以男人的心态而言，首先，你能帮到最好；其次，帮不到请保持安静并表示支持；再次，别冷嘲热讽，别作天作地，别给我添堵添烦；最后，千千万万别添乱帮倒忙。小女人后两样擅长，大女人只做前两样。

/ 熟女魅力之二 ——关照 /

对于小女人来讲，模拟“过家家”不是什么难事，但把“过家家”当成一件每天必须坚持并且视为享受的大事来做，有时的确是难为了她们。好比《天机算》里飞凤公主那样为了男人什么都肯舍弃的，在现实中毕竟是少数。现在有个性的独立女性，开始计较彼此付出的平等性。尤其遇见日常生活中的针线缝补，大多数女孩在恋爱中习惯于做公主的心态，无法让男性看到牛郎织女的复古画卷。而对事业处于发展中或上升期的男性来讲，大女人细腻的关照让人如沐春风，省掉自己很多闲心，虽然男人并不期待被呵护，但好歹需要被照顾。在这点上，没有比有责任心也有责任感的大女人做得更好的了。

/ 熟女魅力之三 ——成熟 /

血气方刚之时，男女陷入爱情中，必定动辄你死我活，以彼此厮打且相互仰天大发毒誓“但求同年同月同日死”为爱情的最高境界。两个至情至性之人尤其偏好极端，对“爱情就是全部占有对方”理解之狭隘，当属年龄经历所限。大女人曾经沧海的好处多多，知道什么事情做得、什么事情做不得，譬如偷看手机短信和跟踪之类的活儿不仅懒得做更不屑做，这才是真正的高明，真正的智慧！法国作家安德烈的短篇小说有云：一位深爱老公每日为他工作十四小时的妻子，陪老公游完巴黎回国。在邮轮上遇见老公的旧情人，三人一起赌博、喝酒。男人以为老婆不懂法语，于是就用法语跟老情人调情。妻子一直在一旁默默地坐着。你能领会他妻子的成熟吗？“看不习惯，就分手。既然不想分手，就别问，装作不知道算了。”大女人明白“成熟的人不问过去，聪明的人不问现在，豁达的人不问未来”的爱情真谛。

/ 熟女魅力之四——深谙阴阳互补之术 /

大凡二十五岁以下的女子，于男女之道多属性窦初开，尚不能完全浸淫其中，享受交合之乐。男性若非极精于此道，通常亦难能开启女子之性商。而小女子在性中的羞涩，大多只为传达对爱情的无限奉献，并不能完全享受其中。以指标衡量，无论是主动与否的态度还是具体技术的层面，通通乏善可陈，并不能使男子尽兴。然而，男子一旦遇见成熟女子，“熟女”早已完成对身体最原始欲望的开发，对性事充满自然、向往、开放的心态，“三十如狼四十如虎”一说皆由此而起。她们的不受规范拘束，她们的乐于享受，让她们得以从精强力壮的好男儿身上采阳补阴，而男儿亦可从中经历巅峰体验之美妙。无对比的时候当然不知其中奥妙，一旦碰上个好对手，与染上鸦片瘾无异，故“因性生爱”确实如此，确有其事。

这就是大女人的魅力所在，她给你的是精神与肉体的双丰收，足以颠覆你过往所有与小女人的爱情感受。男人虽然不拒绝性，但却不愿承担无谓的责任。问题是聪明的大女人很有耐心，她不推进不急迫，当你和小女人在疯狂和惊天动地中痛不欲生时，她让你知道还有另外一种爱情叫作平静，还有另外一种力量叫作个人成长。对于习惯了被小女人折腾的男人来讲，平静是最好的安眠药；而对于内心有着梦想和野心的男人来讲，个人成长与爱情是生命中难分轻重的两个砝码。

找狐狸还是找刺猬？
——择偶性格论

詹德隆是香港著名评论家，在詹先生关于择偶的某文中，用狐狸和刺猬将择偶对象分为两类，碰巧与我所捣鼓的性格色彩领域相遇，看后觉得甚是好玩。但若不真正了解性格分析的人真照他的方法去选，只怕天下会乱成一锅粥。

在进入主题前，我们需要先了解下这种分类。此分类法出处是英国文化界巨擘以赛亚·柏林（Isaiah Berlin），他曾企图把欧美各国的伟大作家分为两类：第一类是刺猬，第二类是狐狸。两类的差别是：狐狸懂很多东西，刺猬只懂一样，但它懂的那样很重要。按照柏林的意思，创意丰富的作家是狐狸，他们的小说出其不意、枝繁叶茂、文笔引人入胜；刺猬作家则布局首尾呼应，情节不以创意取胜但有条不紊、主题明晰。谁属狐狸，谁属刺猬，不以作品的多寡而定，有些作家虽写得多但变化不大则仍属刺猬。据此标准划分，柏林认为但丁是刺猬，莎士比亚是狐狸；易卜生是刺猬，歌德是狐狸；陀思妥耶夫斯基是刺猬，普希金是狐狸。

这种分类法看来他玩上瘾了，直到要决定托尔斯泰究竟属于狐狸还是刺猬时，才真正遭遇难题。托尔斯泰才华横溢，兴趣广泛，显然是只想象力丰富、创意非凡的狐狸。但另一方面，托尔斯泰贯彻始终的历史观涵盖他的作品，连文学创作也不脱托氏历史观的框框，从这个角度观之，他更像刺猬。那他到底是什么？在我多年性格色彩的教学中，毫无疑问，被问得最广泛的问题莫过于："老师，红色性格和蓝色性格的特点我觉得自己都很明显，那我应该属于哪个颜色呢？"如出一辙！柏林最后认定托尔斯泰是只想做刺猬的狐狸。

詹先生根据柏林的分类法，延伸出的结论是，中国文坛中，诗仙李白明显是只狐狸，而诗圣杜甫则必然是只刺猬了。另外，还可以说苏东坡是狐狸，韩愈是刺猬；曹雪芹是狐狸，鲁迅是刺猬。而恰恰让人拍手称快的是：李白是红色，杜甫是蓝色；苏东坡是红色，韩愈是蓝色；曹雪芹是红色，鲁迅是蓝色。其分析与性格色彩理论完全一致！

接下来，开始进入主题。在选择伴侣的问题上，詹先生看上去显然极力倾向于刺猬，让狐狸没有容身之处啊。

狐狸坐不住，喜欢寻求刺激，对人和新鲜事物都很好奇，一生要做够人家三生才做得到的事情，对自己和朋友都不满足。这些人多半在做投资银行、推销员或从事创意工作。刺猬做人有很清楚的目的，爱恨分明，绝不含糊，他们做事清清楚楚，不会拖泥带水，喜欢有秩序的生活。这些人大部分是学者、老师、公务员和专业人士。和狐狸做朋友很吃力，因为他们毫无定性，常要新鲜感；但另一方面来说，和刺猬做朋友可能会令你觉得很闷，因为他们喜欢的东西数十年如一日，他们可以只光顾几家茶楼，只吃同样的东西而乐此不疲！

如何选择你的配偶呢？首先要明白怎样辨认狐狸。狐狸们兴趣广泛，但对事物无深入认识，朋友多而深交少，喜欢交际应酬但属蜻蜓点水式的交往，做人无坚定不移之原则，做事无绝不可破的底线。一般而言，狐狸们好高骛远，对男女关系相当随便。不过，需要指出的是，重婚的人不一定是狐狸，那些喜欢玩一夜情的才是狐狸性格。

如果刺猬嫁了另一只刺猬的确值得庆贺，因为大家都是心无旁骛之人，有很大机会白头偕老。

如果刺猬嫁了一只狐狸就会苦不堪言，每晚等他回家吃饭，唯有独守空床！如果狐狸与狐狸结婚呢？那可真是玩完。

看来詹先生对狐狸的信心指数比金融危机时刻的国民消费信心指数还要低。问题是：

○ 刺猬通常沉闷异常，当两个刺猬一起生活时，谁负责制造快乐的氛围呢？

○ 如果没有百灵的鸣叫，如何体现猫头鹰的安静与沉默的智慧呢？

○ 刺猬通常擅长将心里的想法深藏不露，不愿拿到台面上交流。两只刺猬一旦碰撞，那么谁来消除误会、隔阂和不快呢？

○ 狐狸与狐狸在一起的好处大家未必知晓。你是不是认为公狐狸和母狐狸结合的命运就是大家每天都在外面拼命往死里搞一夜情，各自管各自高潮，直到玩不动了为止，还是直到再找到各自另外的狐狸为止？

事实上，现实生活中红男与红女的婚姻极多，并且为数不少也相处得很是幸福，关于这方面的研究，下回详见拙著《性格色彩婚恋指南》吧。

当她说“我不要你管”时，她想干什么？

“管”在情感世界中的应用煞是广泛，多出现于女性口中。确切的定义倒要费一番周折。一个“管”字可传达的、隐喻的及引申的，假若男性真能理解，可省去情感世界中不少的麻烦。

1. 两人闹了别扭，女性会说：“我不要你管。”这里的“管”是“理睬”的意思。

2. “我爸妈真的很烦，总是要管我。”这里的“管”是“控制”的意思。

3. “你最好不要管我（的事）。”这里的“管”是“插手”的意思。

4. “你到底管不管我？”这里的“管”是“照顾”的意思。

5. “你平时多管管我吧。”这里的“管”是“督促”的意思。

有时在复杂情境下，上述五种意思可以相互转换，然而无论怎样，情感的渗透和交叉总是这里的主旋律，以上只不过是旋律的变化和节奏的调整。

在第二种意思中，说话者提出了拒绝控制的想法。通常情况下，听话者应该是那些强势和充满控制欲的黄色性格。但如果说话者这时说的话是：“我求求你，能不能少说两句啊！你就不能少说两句吗？你还有完没完？”那对方一定是蓝色性格，他们擅长用不厌其烦的说理来达到说服他人的目的，而前者往往假借强权来进行控制，所以这里的“不要你管”代表了对控制的强烈反抗。

只是遗憾的是，如果这句话是从一个抗压能力不强的女孩嘴里说出来，通常力道不够，因为强压之下，她们大多最后会拜倒在淫威之下。以我对人的观察来看，这些人如果能够应付压迫，更多是因为一定有人与他们肩并肩，否则单凭一己之力实在很难承担压力。

一个女孩为了与她的爱人在一起，每天忍受家中父母的责备，在轮番攻击下，女孩近乎崩溃，解决崩溃的方法就是“在受到压迫后一定要把委屈转嫁给她的爱人”，如果不采用这种做法来卸力，恐怕早就崩溃了。这种情况下，女孩在诉衷肠时，最有可能说的话就是：“你管不管我嘛，如果我爸把我赶出门，你还管我吗？”感觉到了吗？一切温柔和两人世界的甜蜜情怀尽在不言中。

如果女性本人是女强人型的黄色性格，她们讨厌被人管，而希望去管别人。因为自身情感的独立性，相对而言，她们对婆婆妈妈的琐事不是很在乎。在她们的表述中，用到2和3的意思的“管”的概率比较高，倒是很少出现1和4的说话方式。在1和4当中传达了很多女性特有的撒娇成分，这不是黄色女性喜欢的语言风格。

如果女孩不是上面两种性格，对于某些人来说，“管”代表了爱情中的一种亲昵，她们是希望有人管的，否则没人照顾吃饭和生活起居也是痛苦的。以下的对话即是证明：

男：晚上读书还不去吗？

女：工作还没有完成。

男：我想让你在我旁边看书，我可以干活，好了，乖小孩，想你！

女：不乖不乖不乖！

女：你不管我，我就不乖！

男：我怎么会不管你呢，我不管你，就有很多人来欺负你了。

女：哈哈，好呀！

女：你管我，我就乖了。

看看这段对话，说明了什么？这段对话的两位主人公都是年龄在三十岁以上的成人。在对话中，你感觉到女孩传达的对“被管”的渴望了吗？当出现上述词汇时，它往往传达了强烈的“黏人”和依附对方的心态，是对于情感高度互动的极端向往。

不过有时你必须注意，在委屈状态下，女孩在说“管”字时有可能出现以下几种心态上急剧的转变，有负面的信号出现：

○ 好啊，你不要管我好了。（反话，表示你赶紧来管我，如果你不接茬，你死定了，伤她的心了。）

○ 谁要你管我的？（用反问希望得到你的肯定答复。）

○ 我又没有说让你管我，是你自己要管的。（气话。）

○ 你管我？你什么时候管过我！你只是管你自己，你从来就只知道管你自己！！！（强烈的控诉和斥责。）

一个“管”字，理解起来就这么麻烦，遑论情感中的其他。

爱情分合速度规律

早在2006年8月，我的第一本书《色眼识人》刚出来的那会儿，有本女性杂志撰文《色女郎，有人爱》，大肆吹嘘书是如何神奇，当时文章里对女性说，只要掌握了性格色彩的工具，就可做到四个让人心驰神往的境界：第一，自己掌控爱情的进度；第二，牵着他的鼻子走；第三，不做受气包，做梦中情人；第四，装聋作哑。

这听上去令人心猿意马，但在具体操作上其实我很清楚，难度绝对因人而异，为避免误人子弟，让我们分别看一看哪些可以做到，哪些很难做到。

“自己掌控进度”，可能你喜欢也可能你不喜欢，不过杂志撰文的笔者既然提出，说明普天下还是有市场的。其实说心里话，我也对此文所描述的功力殷切向往，年少时总以为自己无往而不利，狂妄至极，碰壁多了，每每让自己深陷绝境不能自拔，才发现自己的料到底有多少。故此，向诸位分享当中所思一二：

红色性格的速度是开始的时候快，结束时是表面快其实则不然。那是因为，当双方情感根深蒂固，只是相处上出现种种危机和问题时，红色性格分手时通常的状态是“作中求乐，欢痛交加；反复多次，分而不果”。

蓝色性格的速度是开始的时候慢，结束却未必慢。切记——蓝色只是退出时内心的疗伤恢复需要极长时间，未必下手断情的手法会拖沓。相比之下，红色下手断情的速度表面看上去迅猛，其实常有藕断丝连，这与红色总是“吃着碗里看着锅里，手心手背都是肉”的大理段王爷心态密切相关。

黄色性格倾向于以九阳神功直捣黄龙。在情感中，红色男性似乎也有黄色这样的特点，但这其实与男性天性中的动物属性有关，与性格无关。整体而言，黄色女性希望在两性关系中男性一定要尊重她而绝对不是把呵护她放在首位。她们嘴巴上可能不愿承认，不过请各位相信，她们的内心是希望能影响对方而绝不愿只是俯首帖耳，只有在一种情况下例外——那就是男方的经济状况和社会地位远远高于女方时。

以结束爱情的速度来讲，我一直认为黄色女性排名第一。那是因为黄色一旦决定以后很少回头。你可能会觉得蓝色女性也有这个特点，的确如此。但是她们的差别是：黄色可以心无旁骛地做到，一旦决定，黄色具备一种迅速转化的功夫，这也就是为什么黄色在事业上容易成功；蓝色虽然可以做到，但内心深处的煎熬和痛苦可能远远胜于男方，只是她宁可痛苦也要如此。这种自虐为乐的现象，如果你是蓝色，或者有过“深爱一个人但是仍旧要和他分手”的经历，你一定可以明白我说的是什么。

绿色性格本身是被动的，她们宁愿一直被他人控制和推动着爱情的进度，因为被动是她们感觉最舒适和最自然的常态。

谁的爱情
操控能力最弱？

对于“爱情分合速度”的理解，将有助于您理解接下来的文字。我想强调的第二个我观察到的结果是，“色女郎”和“色男郎”在本质上是一样的，本文大多数观点同样适用于男性。

操控，其实不仅是一种技巧，更重要的是一种心态。

/ 绿色 /

绿色因为在心态上从来不希望操控他人，而是历来修炼“兵来将挡、水来土掩，实在不行啥也不做”的心法，在操控一事上被早早地排除出局。

/ 红色 /

在红色、蓝色、黄色三种性格当中，红色的操控能力最弱。这与爱情进度无关，和本性有关。请各位注意的是，红色有着极强的灵活性和变通性，但是这绝对不等于控制性。

有三个关键的要点会阻挡红色在爱情中的“操控力”。

/ 其一，红色的心态是表面想管，内心不想管 /

在前文《当她说“我不要你管”时，她想干什么？》中，对于红色女性在“操控”上的真正想法和本质，从“管”字的五种意义给予了详细阐述，那篇文字将使你真正理解——红色女人的本质其实就是嘴巴上喜欢说，但是真的要让她控制别人，她才不要呢。她还是喜欢男人总是呵护她、哄着她。试想这样的心态，对“操控”来说也是同理。在表面上，如果普天下狐朋狗友皆言此男人乃人中龙凤，与你是天作之合，同时她自己也感受到此男一意钟情于己，那才懒得管呢，她们享受那种自己被“操控”（驾驭）的感觉。如果你是红+黄的女性，你的第二性格可能让你反弹或者不完全认同我的观点，但是请勿着急，我说的是人的真正本质！好好思考一下你的爱情生活吧。

一个内心根本就不想管的人怎么可能去影响和操控爱情的进度呢？

/ 其二，红色的自控力太差 /

红色就算知道怎么做是对的，但她仍旧无法控制自己。比如说，红色女性听到外面捕风捉影的消息，事情还没搞清楚，当下面孔挂下，泪水如注，一副比窦娥还冤的神情，操起电话破口大吼：“王小二，你这个死鬼，你给我听好了，老娘我本将心向明月，一心赤诚伺候你。你倒好，一朝鲤鱼跳龙门，将我视同糟糠。想昨日，你本还说你我二人今生只羡鸳鸯不羡仙，现如今到怡红院拉着小翠姑娘的小手穷叫唤心肝宝贝。你说，昨晚，你的良心去哪儿了，你还是人吗？从实招来，今儿个你若不说清楚，我跟你没完！”

哎哟哟，真是吓煞人也，听上去像是古代的泼妇，怎么会是现代时髦的Office Lady（白领丽人）说出来的话呢？各位，有这种做法的实在不是少数，大多数红色女性听到外面的风吹草动，基本上就开始芳心大乱、火冒六丈，然后情绪激动，之后势必做出冲动之举。好一些的，只是面孔拉下，然后和男人坐在沙发上开始谈判，之后便是在一哭二闹三上吊的节奏中慢慢地平息；水准不达标的，就基本没章法了，逼着男人交代，发现男人支支吾吾，就将过往所有的记忆全部撕毁或者烧毁。

你知道问题的关键在哪里吗？可怜红色性格，大多都是发作完毕以后后悔啊，但后悔完下次还会继续再来。她们也痛恨自己为何无法控制自己，然后发下一百个誓言许下一千个诺言，可惜总是功亏一篑。

这又再次印证了我在《色眼再识人》一书中反复提到的红色性格会经常后悔的本质。

一个自控力差的人怎么有可能去影响和操控爱情的进度?

/ 其三，红色最擅长好心办坏事 /

举个例子吧，男女双方中，一个人的手机在圣诞节之夜来了条暧昧的短信，假设这只是为了暧昧而暧昧的短信。不同的人面对这件事情，结果其实可大可小。若是绿色，最为宽容；若是黄色，处理手法毫不留情但只要你交代得逻辑清楚、解释合理，说完就没事了，但你要小心别隔三岔五地总是来犯；可蓝色和红色两种都会借此“兴风作浪”，尤其是红色，这下好了，原本红色也不是那种锱铢必较的主儿，但为了表示内心深处对于对方的在乎和爱，红色开始施展浑身解数。我并不想对暧昧的短信是否正确或者是否应该做出评价，我想着重说明的是，不同性格此后操作的差异造成的不同结果。

你想，本来可能就是鸡毛蒜皮的事情*(当然，如果你是红色，你很有可能此刻会认为这是原则问题，怎么能不说清楚呢？我再次声明，我在本文中只分析应对的结果)*，被红色一“作”，就麻烦了。

人家蓝色性格是那种记仇的人没错，但是蓝色抓住了把柄，只是先藏在心里，继续谋划，看下次能不能抓住更多的把柄；可红色的女人，内心善良啊内心无辜啊内心真实啊，她们希望用她们的哭声、她们的纯真和她们的发泄将问题解决，这样的想法的确没错，可麻烦就麻烦在——红色还有另一个致命的弱点，她们的分寸感把握极差，她们每次“作”的时候，都会把小事给弄成大事。除非她们遇见一个绿色性格的伴侣，“作”也“作”不起来，否则遇见其他三种性格，结局都会极其悲惨。

一个不思考自己的做法造成的后果的人，怎么有可能去影响和操控爱情的进度呢?

性格相反的人到底能否在一起？

一位《色眼识人》的读者问了我两个在恋爱与婚姻中极其普遍的问题：

- 两种性格完全相反的人适合生活在一起吗？
- 对方有我无法忍受的性格特点，如果不改变，我怎么办？

乐老师：

你好！

经朋友推荐正在看你的一本书《色眼识人》，虽还没完全看完，已觉得非常不错。我想向你倾诉一下我的苦恼：我男友是典型的红色性格，而我是那种典型的蓝色。现在我终于知道他那在我看来很幼稚、很不可思议的行为都是源于他的红色性格。有时我也在想，不要对他要求那么高，要接受他的缺点，可有时真的控制不住自己的脾气（每次发生争执，他总是第一时间向我道歉）。比如说，前段时间他整天痴迷于玩游戏，在我一再表示厌烦的情况下，他终于答应以后再也不玩了，还把电脑里和这个游戏有关的东西全删掉，可隔了一天又在网上下载了另一种游戏玩了起来。这件事情我现在已经懒得和他去说些什么了，有时候我一直在想像我们这样两种性格完全不一样的人到底适不适合在一起。您能告诉我，到底该怎么做吗？谢谢！

小燕

回复小燕姑娘如下：

列举出成千上万个性格相反的人终成正果或最终分崩离析的故事都很容易。

你与你男友目前的情况，与两部极其标准的红男蓝女配影片的主人公一样。如果你想了解他们内心世界的细微变化，可以仔细揣摩影片《一个陌生女人的来信》和《布拉格之恋》。

这两部影片中，徐静蕾所扮演的陌生女人和特蕾莎在内心深处忍受的煎熬远大于你。想象一下，你男友在游戏问题上的反复与他和另一个女人睡觉相比，你更能接受哪一个？

在《布拉格之恋》中，托马斯被定义成了一位三十多岁的单身男人，此人了解女人比了解脑部结构更加专业，家里除了沙发床没有正式的床，从不带女人回家过夜，也无法忍受做爱后女人睡在他身边。对特蕾莎而言，她的整个世界是重的，她的重心都在丈夫托马斯身上。她恨托马斯的出轨，但是又不能离开他；她恨自己，却没有解救的方法，于是精神处在混乱的边缘。因为她同大多数女人一样，永远也无法理解男人的身心分离——他们对你说爱你，但是又告诉你身体不能忠于你。而这一点，恰恰是托马斯已经习以为常的秉性，对他来说，追逐别的女人，同别的女人做爱就像吃饭睡觉一样正常，和心属于谁一点关系都没有。于是剩下的问题就全在特蕾莎那里，走或者留，看你最终是不是能割舍这份感情。

决定他们或者你们最终是否能够将感情坚持下去的原则，其实本质如下：

/ 第一，托马斯的吸引力到底有多么强大？ /

当他的吸引力足够强大到他与其他女人上床你也可以宽容时，遑论打游戏？吸引力可以是他的外表、性能量、激情、相处的快乐、幸福感……若无此力量，就连家里的牙膏放错地方，也会令你厌烦。当托马斯的好处和吸引力远超过他身上的毛病带给你的痛苦时，人们总是两利相权取其重、两害相权取其轻的。

/ 第二，托马斯可能并没有意识到自己对她的伤害有多么巨大。 /

他知道这并不好，但并没有意识到这个不好有多巨大。如果你现在已经发展到“关于这件事情我现在已经懒得和他去说些什么了”的地步，不要以为托马斯先生自己会醒悟过来，不要以为你的暗示和沉默能够解决问题。蓝色喜欢用暗示的方法来自虐和虐待他人，这并非好办法。

/ 第三，她确认自己的想法就是至高无上的万能的主所赐予的吗？ /

也许那只是你本人认为不好，而托马斯认为这很好。每个人对好与不好的判断标准是完全不同的，对打游戏的看法也是不同的。也许你认为男人怎可这样玩物丧志，而他认为这种益智醒脑的方式是最棒的生活态度，天知道谁对？！

/ 第四，当两人需求不相符时，势必有一个当事人要让步和妥协。 /

通常妥协者的观念是：“为何他不改变自己来迁就我，而让我改变来迁就他？”这很正常，也很合理。一般总是那个付出更多爱的人，调整的幅度更大。当爱到一定程度，改变无极限地延伸，就演变为“完全丧失自我”；然而过度自我的必然结局就是“他妈的，凭什么让老娘去改，他怎么不改？”恋爱中的男女总是用对方为自己改变多少来衡量对方爱的深浅。

违反市场规律，用行政指令来给牛肉面限价是不人道的。同理，你觉得你还珍惜这份感情并愿意继续，则调整自己的同时要求他也调整；如果实在无法忍受，则散。万物皆有理。

前苏格拉底哲学家中最有代表性的人物巴门尼德于公元前六世纪就提出一个问题：面对生活，我们选择什么呢，是沉重，还是轻松？并把看到的世界分成对立的两半：光明，黑暗；优雅，粗俗；温暖，寒冷；存在，非存在。而且把其中一半称为积极的，另一半则是消极的。

巴门尼德的回答：轻为积极，重为消极。其实，红色为轻，蓝色为重。

生命中能不能承受此轻？问你！

男人的“尊重”很难产生爱情
——为何陈家洛选择香香公主？

乐嘉老师：

您好！

有个问题请教：霍青桐与喀丝丽是亲姐妹，都是回疆女子，都对陈家洛有好感，但两姐妹也太天真了一点，太过不同的性格和能力当然都是悲剧。您能仔细分析或请方晓老师分析一下，指教一二吗？只记得每年喀丝丽祭日陈家洛必去时吟的那首词：“浩浩愁，茫茫劫。短歌终，明月缺。郁郁佳城，中有碧血。碧亦有时尽，血亦有时灭，一缕香魂无断绝。是耶非耶？化为蝴蝶。”而陈家洛对霍青桐始终只是敬重而已……而霍青桐当然没有闲暇去想这些无趣之事，她正要带领部族抗击清兵，那正是侵略她们部族的寇匪。木卓伦老英雄有女如此，当能放心，她对妹妹……

JQ

回复JQ如下：

分析小说是系统工程，方晓老师穷尽数年，也只吃透了一部《红楼梦》而已。我辈中人，杂而不精，唯武侠为最爱，可堪过招。你所提及的霍青桐与喀丝丽两姐妹的性格差异，其实是因为香香公主是大红色，霍青桐是红+黄。仅提出以下几点供参详：

一、霍青桐与陈家洛初见，彼此有意。陈看见女扮男装的李沅芷对霍青桐亲热，产生误会，原本说好由霍青桐跟陈家洛一起去救人，陈突然变卦不要她去了，霍青桐心中明白陈的想法，却不直接告诉他这是个误会。

……说道："你不要我跟你去救文四爷，为了什么，我心中明白。你昨日见了那少年对待我的模样，便瞧我不起。这人是陆菲青陆老前辈的徒弟，是怎么样的人，你可以去问陆老前辈，瞧我是不是不知自重的女子！"说罢纵身上马，绝尘而去。

——这个"绝尘而去"用得好！霍的决绝可见一斑。如果当日霍直接说明误会，或许两人情感早有进展，后来又遇到霍的两位师父意图撮合陈霍情事，便更加顺风顺水。但对霍来说，对方已经"看不起"自己，若是自己主动说明情况，岂非更加"低三下四"，更加“不自重”？对于红+黄来说，被尊重的需求十分强烈。

红+黄一生放不下的是面子。凑巧陈家洛也是红+黄。本来天生一对的人儿，却因为两人都太自我而产生隔阂。同样的例子出现在电影《我最好朋友的婚礼》中，朱丽娅·罗伯茨心仪一个男人，两人都是红+黄，明明彼此欣赏却只能以好友相处。朱丽娅一直不明白为何男人选择了一个美貌和智慧都不如自己的女友，直到她目睹了男人和女友意见不合转身就走，女友丝毫不顾面子，当众追去哀求的一幕，才顿悟原来是自己的性格和男人的性格都太要强，所以才无法走到一起，而男人宁可选择一个傻傻的为了爱情可以不要尊严的女人。

二、陈家洛与香香公主刚刚相识的时候，两人是如何开始彼此传情和挑逗的，且看正文。

……坐在那少女身旁，只觉得一阵阵淡淡幽香从她身上渗出，明明不是雪中莲的花香，也不是世间任何花香，只觉淡雅清幽，甜美难言，心想：“不见她搽什么脂粉，怎么这般香？而世上脂粉之中，又哪有如此优雅的香气？”正自神魂颠倒，突然一惊，想到礼法之防，不由得稍稍坐开了些。那少女觉察到了他辨别香气的神态，嫣然一笑，说道："想是因为我爱吃花，所以自幼儿身上就有股气味，你不喜欢吗？"陈家洛给她问得面红过耳，呐呐地说不出话来，转念一想："这姑娘天真烂漫，心地坦白，我如再以世俗之见相待，反不够光明磊落了。"这么一想，登觉心中光风霁月，再无蝎螫之态，和她畅谈起来。

正是以红色的天真和开放，香香公主打动了陈的内心，如果仅仅是绝世的容貌，还未必能够让陈全情投入。这种双方没有任何掩饰的自然进入，与我从前见到的最速战速决的一对情侣相似。一个红色男孩在旅游时看见一个红色女孩，非常喜欢，就眼睛看着姑娘手中拿的饼干，这姑娘倒好，马上回应道："这个饼干的样子很搞笑吧，是我在山下买来的，你也不是本地人，也是到这里旅游的吧，要不要尝尝看？"两小时后，彼此已经很有感应。

三、经历一番共患难后，陈家洛与霍青桐姐妹俩作别。

香香公主依依不舍。陈家洛心中难受，这一别不知何日再能相见。如得上天佑护，大功告成，将来自有重逢之日，否则众兄弟埋骨中土，再也不能到回部来了。霍青桐远送出一程，早也柔肠百结，黯然神伤，但反催妹子回去，香香公主只是不肯。陈家洛硬起心肠，道："你跟姊姊去吧！"香香公主垂泪道："你一定要回来！"陈家洛点点头。香香公主道："你十年不来，我等你十年；一辈子不来，我等你一辈子。"陈家洛想送件东西给她，以为去日之思，伸手在袋里一摸，触手生温，摸到了乾隆在海塘上所赠的那块温玉，取出来放在香香公主手中，低声道："你见这玉，就如见我一般。"香香公主含泪接了，说道："我一定还要见你。就算要死，也是见了你再死。"陈家洛微笑道："干吗这般伤心？等大事成功之后，咱们一起到北京城外的万里长城去玩。"香香公主出了一会儿神，脸上微露笑意，道："你说过的话，可不许不算。"陈家洛道："我几时骗过你来？"香香公主这才勒马不跟。

这一段离别时，两姐妹的不同表现，正是由于性格差异。红+黄的霍青桐早已黯然神伤，但反催妹子回去，盖因红+黄要强，不愿轻易露出脆弱难舍的一面，何况陈家洛此时已是她妹夫，如果她流露伤感，岂不是更加难堪？红色的香香公主依依惜别，直至陈家洛哄了她许久才走，值得一提的是香香公主说的“你十年不来，我等你十年；一辈子不来，我等你一辈子”，与华筝和郭靖分别时曾经说的“你去找她吧，找十年，找二十年，只要我活着，我总是在这草原上等你”多么神似。我希望人们能够捕捉到：这两段话里相同性格说话的感觉都如出一辙。

性格色彩最大的奥秘是原则不变，灵活运用。郭靖最终跟红+黄的黄蓉在一起，而不是跟红色的华筝；而陈家洛虽然先遇到红+黄的霍青桐，却还是与红色的香香公主定情。除去外在因素，很重要的一个原因就是郭靖是绿色，而陈家洛是红+黄。黄蓉的主见和自信吸引着绿色的郭靖，而霍青桐的自尊心则成为她和陈家洛之间最大的障碍。

至于陈家洛对霍青桐的敬重更容易理解，通常人们很少对红色产生敬重，尤其是对于红色女性更多的是有想呵护的感觉，红色的调皮天真容易唤醒男性的保护欲。不像蓝色或者黄色不怒自威，总让男人有一种想逃跑的感觉。当然她们可能会对软弱的男性嗤之以鼻，觉得少有人可以读懂她们独特的温柔。这里不再阐述，只是说明为何男性容易对她们产生敬重。

多情男人
如何可以不多情？

一位职业心理咨询师日前与我谈到“多情者的内心世界”，她不明白为何多情的男人总让自己有很多麻烦。到底应该如何理解多情的男人？其实我本想建议她先去看一遍《天龙八部》，关心关心段正淳的一生，就会明白的。

乐老师：

你好！

昨天接诊了一个四十五岁的成功男性，是我过去的一个求助者介绍来的。此公从1995年起，就不停地遭遇婚外情，导致妻离子散。在频繁换情人的过程中，遇到各种各样的麻烦事，但是也都逢凶化吉。可这次移情别恋的时候遇到了对手，这个旧爱拿出了两人如胶似漆时开玩笑留下的一张借条，他写的，欠女方五十万。而且还有很多两人在一起时的录音。他傻眼了，无助又无奈之下，这个从来不知愁为何物、不知失眠何滋味的男人，意识到钱财和前程都面临危险，于是找到了我。他的咨询目标有几个，其中有一个和性格有关系。

根据我的观察，他是个大红色性格的人，感情丰富，兴趣广泛而且易变。他不知道自己为何这么容易动情，感情转移速度之快都出乎他自己的预料，而且自己经常后悔但又控制不了，还经常抱着青萝卜当翡翠，丢了钻石找锈铁。他想改变自己的个性。

这个求助者的性格是否有问题？

性格是否有问题的评价标准是，当事人是否已经确认此事给他带来了麻烦、困扰或者痛苦。如果他依旧乐此不疲且享受其中，一切由他。不过显然这次他吃的苦头不小。对有点成就的中年男性而言，拿出五十万也不是特别难的事吧，麻烦的是此公未必用金钱就可真的摆平此事，如果遇见一个厉害的女主儿，这只是刚刚开始。况且此公遇事不镇定，在官场上也不会足够强大，连克林顿都会栽跟头，何况他。

让我尝试分享给你其他性格的官员是如何面对和处理类似事件的。

甲有一小情儿，甲乃坚毅无比、绝不留半点后患的黄色性格，小情儿乃娱乐圈的二流明星，两人相好。某日宾馆事毕，甲下床后第一件事，便是将充盈精液的安全套迅速置于马桶中付之东流，然后边束腰带边说：“你的事我会放在心上的，你等消息好了。”此事让小明星顿感自己和只鸡没什么差别，对小明星当时的情感伤害极重。但甲明知如此，仍旧会这样做，须知甲并非国安部出身，但这种黄色性格的男人比红色性格的段正淳知道事业比情感重要；而且他们懂得控制，就算正在高潮时，也不会做出猛下承诺之事。

不像红色，还在前戏，骨头就开始发轻，若遇见和他一样的姑娘，那还好，就怕遇见其实根本不是一路的，人家对他痴情无比，自己却不知轻重，乱下承诺，害人害己，正所谓“自作孽不可活”。康敏最后捕杀段正淳，一口口咬掉他肩上之肉的回忆之时，非常清晰地说明了对段当初轻易许下承诺的痛恨。

我始终认为成熟与年龄无关，有些性格，天生就知道怎样控制他们的情绪和情感的流露。有些人，修炼一生，都很难做到。

常人普遍的观点是：多情是一种不负责任的情感。人们假设人的情感都有一定的限度，在使用上理应有所分摊，而多情者怎可能有如此之多的份额？故必定是有滥用情感之嫌。事实上，多情者之所以在情爱领域比别人有更多的情感可供支配，是因为他内心的超常规。所谓的“超常规”，正是基于天性中对于体验的向往、对于广度的渴求，以及对于折腾的乐此不疲。由于一般人通常跟不上多情者自成体系的情感节奏，遂使多情者几乎有无限多的机会和时间体验爱情，同时他们也将体验更多的孤独与挫折。

为数不少的多情者，口口声声说要改变自己，莫要相信。该调整的时候他们自然会调整，而且速度之快超越他们自己的期待和想象。原因基于以下几点：

第一，他们在体验中得到的快乐远大于失去时的痛苦。

第二，他们容易动情，这个很容易理解。譬如，我刚到成都，走在成都大街上美女的诱惑就远超其他城市。如果每个路过身边的“惊叹”都要满足我的淫邪之欲，恐怕不出一个月便精尽人亡。

须知世人皆好色，只不过红色性格的幻想能让他们迅速将“好色”升级为“动情”，而“动情”的本质则是对美好事物的无限向往。消灭淫邪之欲的方法非常简单，那就是继续向前走，因为时间的快速流逝和新“惊叹”的出现，这两者很快让他们忘记刚才的“惊叹”。不过，红色此处最大的麻烦就是什么都想要，嘿嘿，你什么都想要，你就什么都要不到。

第三，在多情问题上，他们的致命麻烦就是他们永远认为“下一个一定比这一个好”，这会把他们害惨的。因为他们不愿意放弃下一个的美好，故此他们总是很难珍惜现在的好。解决的方法只有一个，那就是永远让自己明白——现在进行的这一个就是上一个的下一个。

苦恼是生活的一部分，痛苦是成长必须付出的代价，只是有时代价大些才能让人明白。

慧与悟

什么时候
你会需要性格色彩？

无论你是从电视节目中得知性格色彩，还是从刚参加完培训的朋友聊天中获知，抑或是我的读者，凡是刚刚了解性格色彩的朋友，总会停留在反复讨论“为什么我身上几个颜色都有”或“性格色彩和星座、血型等有什么差别”，然后乐此不疲、极其兴奋地辩论张三李四的颜色。从旁人的角度来讲，要么觉得这群人中魔了，要么觉得不可理喻。好奇者顶多迫切地询问自己的颜色，然后胡侃一番，等聚会结束，树倒猢狲散，一切如故。

有一位超级完美、谨慎、内敛的蓝色性格的读者在阅读了性格色彩相关著作后，向我提出疑问。我建议他不要将性格色彩理解成一套“理论”而是当成一个“工具”，而“工具”是需要不断使用的。麻烦的是——蓝色认为只有彻底想通以后才能应用，这与性格色彩“在实践中感悟”的原理完全背道而驰。你若想让他们去改变固有的想法是极其困难的，我只能告诉他多年来的心得，关于“人们为何会去关心一样东西”的心得。

为何你会去关心并投入到一件事情中？

原因只有两个：第一因为你喜欢；第二因为你觉得有用。

前者让你不计成本和精力地愿意付出，这纯粹是内心的激励；而后者却因为你有欲望需要满足或你有问题需要解决。

本质上这是人类的通性。就像有人炒股票就因为这是他的兴趣爱好，看到数字的变化感觉很刺激；而另一些人每天看股评、每夜捧股书、每时看股市的唯一原因，因为要赚钱。所以有人讨论红蓝黄绿只是因为喜欢性格色彩，他们从中得到很多兴趣和快乐；而另一群人讨论只是因为觉得有些无法解释的问题或者内心的痛苦可以从中得到答案和解决方法。

我告诉这位朋友，色彩本身并不重要，性格色彩能帮你解决什么问题和对你有什么用才是重要的。也许有一天，你遇见一些无法处理的困惑和痛苦，你会想起它。总之人们会遇到的，无论你是谁！！！

想起我和股票投资人大雷说的话："我和你的差别是——有一天你会需要红蓝黄绿的，现在暂时你还不知它到底能有什么用。但'钱有用'是阿猫阿狗不需要学习都知道的，而'性格色彩有用'通常是人们出现痛苦时才会迫切需要的，因为世界上大多数人是后知后觉者。"

如果你现在觉得没用，无妨，有一天，你会回来的。

甲之蜜糖，乙之砒霜

北京奥运会前发生了韩国SBS电视台提前泄露开幕式内容的新闻，罗格主席表示这不但破坏了电视台与奥委会之间的默契，而且还粗暴地夺走了人们期待惊喜的乐趣。这种对于“惊喜的乐趣”的强调，表面上看，我们每个人都有内心深处的憧憬和期待，一旦破灭了并不好玩。我想起在这个问题上，那年我的魔术导师刘成在对我启蒙时，曾强调成为专业魔术师的两大基本法则：第一，永远不要在同一个地方对同一个人重复变同一个魔术；第二，永远不要告诉别人魔术的秘密。

前者是因为魔术的出发点是希望人们开心，如果你重复变同一个魔术，势必降低兴奋的刺激度和欣喜感，这就好比你打算在友人今晚过生日时给他一个惊喜，你只需做无须说。如果你从早上一开始就大声宣扬“今晚要给你个惊喜”“今天要给你过一个与众不同的生日啦”，再大的刺激都将被“期望的预期性”冲淡。当你第一次完成魔术，观众已经有足够的刺激，而当第二次重复时，因为观众已知结果如何，心理的亢奋势必转化为探究魔术手法的技术钻研问题。你的重复带来的直接后果是让大家的期待和兴奋无法再次被唤起。

后者的道理殊途同归，开心源于神秘，揭秘的本质是打破神秘。将快感撕裂，转化成似乎是对于科学技术的一种追求。在我多次有违师训时，得到的结果无外乎是“原来是这么回事啊，太简单了”，由于自作聪明的善良和分享精神，我将本可延续的快乐瞬间颠覆。

理论上，人们的天性中似乎对于惊喜有着巨大的需求，然而不同性格对于惊喜的理解差异颇大。对于红色，惊喜代表着生命的快乐，作为制造快乐的一种必备技巧，惊喜总是戴着意想不到的面具以突发的形象出现，而红色对于变化与新奇的需求与蓝色很狭窄的接受度形成了鲜明的对比。

蓝色一直认为事物必须按计划推进，而惊喜在本质上难免有打破计划之嫌，故此，在蓝色并未准备好接受惊喜时，突发的惊喜并不使他感到喜悦，相反，他们会觉得被打扰和不被尊重。而对于喜欢惊喜的红色来说，我给你惊喜，你应该感谢我和理解我的用心才对，怎么反而还会不喜欢我呢？真是奇怪！

作家唐酽在小说《等爱上钩》中刻画了一对老同学——积极主动的红色男性唐酽与他一直暗恋的蓝色女性林茵的故事。故事中有一个桥段，是两人多年后重逢约会，没多久，红色的男人实在思念得紧，想给蓝色女子一个惊喜，就特意飞到女子所在的城市，轻描淡写地打了一个电话。

林茵的声音在电话里响起感觉柔若轻纱："咦，你怎么到上海来了？是出差吗？"

"难道一定要出差才能来上海？"

"不会是专程到上海来玩吧？"

"为什么不会？"

"上海有什么好玩？你们几人一起来？"

"就我一人，一直没到过上海，想来看看。"

"你真是闲得发慌，才出完国又跑出来玩，你老婆怎么不来？"

"她出去了，我闲着也是闲着。"

"住下来了吗？"

"住下来了，晚上有空吗？一起吃饭。"

"你来也不打个招呼，今晚我老公过生日，没法陪你了。"

我一听林茵提她老公，就有种条件反射的痛苦："那明天呢？"

"明天后天也不行，我们说好了上苏州玩。"林茵非常干脆，没有丝毫的含糊。

我情绪低落到极点，刚才反复的激动瞬间遭遇了上百个跌停，而且一想起来回的机票再加上一晚近千元的住宿费连林茵的面也没见着，更是有些心疼得说不出话来。

红色的男子试图用突然从远方出现来验证自己的炽热与激情，用惊喜的力量打动蓝色，可惜人家不仅没接这个茬，反而心生不满。

再用另一件事情来说明你给别人的未必是别人所喜欢的。那年，我挑逗新交的女友，拼命向她耳垂呵气，女友不动声色；稍后，她“以我之道还施吾身”，致我飘飘欲仙。女友说耳垂虽乃重地，但并非她的敏感地，我追问：“那你又是如何得知我之亢奋所在？”女友道：“从你一上来剑无偏锋直攻此处便知。”

大多人都以为“己之所需，便是众人所需”。却不曾想，原来此话正是性格色彩中“钻石法则”*（用适应不同性格的方式来对应不同的人）*的奥妙和精义。人们总是认为自己喜欢的就是别人喜欢的，却不知完全不是这回事，不同性格的人对同样一件事情的需求完全不同。正所谓“甲之蜜糖，乙之砒霜”。

如何一招制伏
露阴狂与性骚扰狂？

我第一次对强悍性格的女子肃然起敬，并立志向她们学习面对恐惧嗤之以鼻、顽强拼搏的精神，源于《色眼识人》写作中搜集的一个真实故事：

> 十年前，上海的《新民晚报》上流传着一个听起来有如杜撰但确有其事的笑话。话说某男有露阴狂，在公交车上趁旁边女性众多的那会儿，开始展露那自以为优雅的高贵器官，众女子看到纷纷花容失色、两股颤颤夺路而逃。众人中却有一大嫂面不改色心不跳地冲上前去，一把抓住某男那话儿，厉声而斥："敢在老娘面前耍流氓！"当即，轮到某男开始手护下体、面色发白，迅即消失，大概他怎么都没想到天下还有此等勇猛妇人。

没人露阴给爷们儿看，多年来，我上公交、下地铁也没亲眼看见，引为憾事。除了被强迫观赏的女子们普遍认为这些魔鬼多为身材不伟岸但脑袋硕大的中年男性外，我实在无法捕捉到他们的内在动机。倒是受害的姑娘们在长期交流斗争心得的过程中，逐渐上升到理论高度——“骚扰者需要心理而非生理上的满足，看到你受惊与吓哭就会很开心，看到你慌张或大叫就会很满意”。

然而不同女子遇见露阴狂的反应，让我们更能认识到“人善被人欺，马善被人骑”，而还击者却各有各的方法。让我们一起来探讨并且学习最先进的反击方式。

先看悲惨世界版的。我同事的侄女说曾遇到一男人假装地铁拥挤，紧靠在一个女人背后使劲蹭，最后都射在那女的裙子上了。她估计那女子是温顺类型的，就忍了。我初听全然不敢相信，追了几个证伪的问题，譬如：“难道没人看见吗？”“掏出家伙到出活的时间？”“地铁拥挤的程度？”回答说细节不清楚，但有一点肯定，整个过程中，那女的压根就没敢回头，所以也不知道那男人已经拿出来了，加上男人用报纸挡着，后来就在她的裙子上画了地图。这个版本挺闻所未闻的，只能感慨这个可怜的女孩可能是绿色的，但并非所有绿色就一定好欺负。

仪琳在书店，某男过来跟她搭话，她不理。那人继续啰唆，她走到一边去，那人还跟着。她再转个身，可惜那家伙还跟着直把她逼到墙角，她自己也不知怎么回事，抬手就打了那人一耳光。事后她说：“我真不知道自己当时怎么会那样激烈。我都不知道自己干了些什么。”这情况和郭襄的情况有些类似。郭襄乘地铁，人巨多，一个中年男人挤到她正对面，然后不加掩饰地非常生猛地直接伸手入胸。当场，郭襄又吓又气地给了他一个耳光，说了一句“耍什么流氓”。那男人没吱声，趁门开就跑掉了，郭襄也没再说什么。那么绿色性格的她心里到底怎么想的呢?

郭襄告诉我说她的第一反应只是吓了一跳，觉得很恶心。别人看她时，她并不感觉难为情也不太生气，反正惊吓过、打骂过了，心情也基本平息了，只是有点儿不自在。她感觉到身边的人都在注视她，她瞅也没瞅他们，到该下的时候就下了。对于身边的人，隐约感觉有的人在小声说话，有的人在说笑，也许也有人会感觉不平吧。不过愤怒不强烈，可能是因为自己事后也没啥反应，像常人一样站着没再开口，很多人自然也没反应。

像上面那样心态好的绿色性格女子，是可免遭心灵阴影的，不会给自己未来的“性福”带来障碍。有的孩子则很悲惨，少年时惊吓过度，成年后对男女之事完全冷淡。而在遏制对方得寸进尺的方式上，忍气吞声显然是不明智的。但有的文静内敛女子，譬如小龙女，她们既不愿意张扬出去玷污了自己的名节，又忍不下胸中这口怒气，故而暗练武功，其后让对方有苦难言。按照我们性格色彩的专业说法，这就是蓝色女性“杀人”的暗功。

有苦难言版的故事是小龙女同学上高二时，就随身带了根经过处理稍短些的毛线针，因为常坐的公车总有那号人，有的她已经认识了。她上车就把针藏在手心，还真被她扎到过两个，部位专找小弟弟下手，手法上要控制到不是要命的那种，力求达到让对方疼痛难忍、当场变色。

勇猛些的，虽然不见得能像上海里弄阿姨那样牢牢抓住他的命根，但如果下不了手，直接给个耳光也能简单利索地震慑住敌人。不过，话说回来，里弄阿姨因为是过来人，熟谙性事，不懂男女之事的姑娘家，能扇对方耳光而自己不被吓跑已很不容易。对于大多数红色性格为主的女性，不成熟的做法就是尖叫，成熟的她们在气势上甚是摧枯拉朽。

譬如奋起还击版，她们会直接怒斥：“蹭什么蹭，你就比我多了这二两重的东西，显什么显，有本事拿出来给大家看啊！”

另外一些更大无畏的是，在那个男人还来不及收起小弟弟时，就先抓住那个男人的手用力举高，然后大叫：“你掏什么掏，那么喜欢掏就掏出来大家一起看看嘛！”取得的成效是车上所有的人都转头看到，旁边老阿姨们都说：“要死咯，嘎不要脸！”有的男人也会跟着乱骂，最终那个男人跟偷钱包被抓一样脸红，收好小弟弟就逃窜下车。

如果想更酷一些，可以加些艺术效果。这种艺术效果就是出现在有如男儿性格的女性身上，不得不让人佩服。以下三者都乃黄色性格所为。

扬眉吐气版的是，轩儿上班路上碰到了露阴狂，那人穿件极酷的黑色风衣，摆了个《黑客帝国》里的造型，在转角处猫着。一看到她，就跳出来，很高兴地把风衣极其夸张地陡然拉开，“你看！”轩儿一不看，二不叫，三面不改色心不跳，继续匀速前行，那“黑客”居然紧紧地跟随其后，一个劲儿地说“你看呀，你看呀”，轩儿仍旧不理，最后那人竟然哀求说：“看看吧，求你看看吧。”

轻描淡写版的是，两个闺中密友，分别是红色女孩和黄色女孩，在公交车上遭遇了个男人，露出小弟弟。红女大叫，一副见不得人的惊恐状；黄女不慌不忙，从兜里笃定地掏出一元硬币，递给色男，只说了一句：“表演得不错，拿走吧。”

我期待有一天，能听说这样一个以血还血版。那人说“你看”，女侠不慌不忙，弯腰细看，摇头赠言“包皮过长，有空去割割”，扬长而去。

“小姐”中的聪明人和笨蛋

给商学院讲课课间，学员给我讲故事：

> 数人到夜总会应酬，浸淫于声色场所。头脑迷失者如甲君，沉醉于开衩至香臀的透明旗袍，被乳沟深深的小姐迷得五迷三道，丢掉了游戏规则，将家花和野花本末倒置，最终家破人亡；头脑清醒者如乙君，即使下半身动而上半身岿然不动，内心反复念诵“婊子无情，戏子无义”的咒语，最终结局是“家花野花齐开放”。

学员问我，甲乙两君分别是什么性格？

甲乙两君的问题在《多情男人如何可以不多情？》中已有回答，因为很多红色性格的女人红颜薄命，所以就先聊聊“小姐”群体的规律。

香港影片《性工作者十日谈》，对夜总会“小姐”的白描很是生活化，虽然不像连续剧《给我一支烟》那么煽情，然而的确有质朴真实的美。

我多次提到，“小姐”们应该崇拜的偶像是杜十娘，不是说崇拜她的为爱情而死亡，而是应该学习她知道自己该做什么，为了目标和早日脱离困境而持续不断地奋斗。这对于大多数贪图眼前利益、不懂得自我控制的“小姐”来讲，是她们付出代价后才会明白的。

《性工作者十日谈》中的“小姐”Happy，七年来一直保持着快快乐乐做下去的良好心态，最后终于自救，恢复了正常人的生活，让人敬佩。Happy的职业精神和坚强意志，已经转化为她的一种信念。她扛住了所有的压力，毅然展现出开心的一面。如果说杜十娘为典型的蓝色性格，那Happy则是非常明显的红加黄性格。

一位现如今功成名就的企业家，当年曾在声色场所做过“小姐”的总管“妈妈桑”，在我与她讨论弱势群体的话题时，交流过对“小姐”性格的剖析。本文无意评论任何道德范畴内的现象和事件，仅从性格的角度，尝试分析和诠释这个世界上所有人物和现象的规律。显然，即使是在这样一个被社会鄙视但却广泛存在的群体中，也有着非常明显的性格分布。

以性服务者的从业动机来看，排除掉相当一部分是因为家庭困苦的经济因素和社会的客观因素外，以主观而言，自愿从业者中至少有半壁江山是红色性格。她们很难抵抗足够的诱惑，同时天性中的虚荣心也容易作祟，因此会在赚取金钱相对便捷的情况下，纵身投入一条不归路。遗憾的是，红色的她们并不像蓝色和黄色的“小姐”那样，在自己从业初期，就有心知肚明的自控与规划，知道自己要的是什么，知道自己下一步的人生目标，知道赚够多少就金盆洗手。

以大多数“小姐”的入行心态而言，赚到钱以后，或者跑到一个没人认识的地方隐居起来嫁人，或者自己开个服装店之类的做点自己的小本生意，再或者自己摇身一变做了老板开始统领一干姐妹，升级为新一代的“妈妈桑”，而不用自己亲自下海搏肉。这些人生的未来选择，红色不是不知道，她们通通觉得很有道理，但是因为她们无法做到自我控制，就算知道，也很难做到，这才是真正的可悲。更有甚者，很多红色“小姐”幻想有一天从来往的客人中，找到一个能够为之从良的，哪怕早在入行之初，就被姐妹们的打击给断绝了此类想法。然而哪怕因为目睹了姐妹们的打击，告诫自己要断绝这想法，红色还是忍不住会去尝试，直至几番伤心后希望破灭。即使如此，从所有坊间关于这个特殊群体现状的书籍中，我们还是可以推断出来，容易相信他人和强烈的虚荣心，还是会让她们成为最大的受害者。

红色性格的“小姐”在从业初期，信誓旦旦自己赚到多少就收山。遗憾的是，一旦开始，就由不得自己了。她们很容易就挥霍掉自己用青春换来的血汗钱，因为钱相对赚得容易，出手也就大方。红色在情感上本身具有高度的依赖感，当她们工作不顺时就会变得情绪化，而“性服务”的职业本身又被社会所鄙视，更加重了她们对尊严的自我践踏。

在这样心灵极度空虚的时刻，蓝色可以通过自我对话来隐忍；黄色可以咬着牙出于对达成目标脱离苦海的执着而忍耐；绿色会说谁让自己选择了这条路呢？她们具备平缓情绪、稳定心态的功夫。唯独可怜的红色，当她寻找不到像另外三种性格那样的宣泄渠道时，不少红色的“小姐”开始圈养自己的“小白脸”以补偿自己的心理缺失，一旦发现“小白脸”又用她们的钱在外面找女人，这下就开始抓狂了。一方面痛骂天底下的男人没一个好东西，开始走入“自残”；另一方面又迅速地自暴自弃，愈发堕落下去。她们赚的钱，就这样，一步步在自己无休止的情绪发作中，被蚕食和耗尽。

我们感动于杜十娘的故事，只是可叹她被红色的李甲所辜负所打击，最后只能以投河来对抗天地不公和自己遇人不淑。这种做法让我们哀叹她的命尚不如“玉堂春”苏三。我们敬佩小凤仙对蔡锷的情义，即使她被蔡的学生和后代所排斥，仍旧对蔡将军一往情深；我们景仰梁红玉，在从良抗金名将韩世忠后，大败金兀术，演绎千古绝唱；我们歌颂柳如是光明的人格，陈寅恪以“痛哭古人，留赠来者”的心态留下她力劝钱谦益注重民族大节的故事；我们惊叹于赛金花，她从“花船”歌妓到公使夫人，从官宦之家到再落风尘，一张利嘴，竟说退八国联军总司令风采无人能及……

不说以上诸位的流芳百世，就算是为了自己，当红色的“小姐”最后竹篮打水一场空，全身上下皆伤病的时候，也少有人会同情她们。她们只顾眼前享受，丝毫没有未雨绸缪的心理，因此终究会付出莫大的人生代价。

红色性格是不稳定和散漫的，因为天性无忧无虑，看不到自我约束的好处，心中充满了不能满足的破碎的梦想。如果能尽早制订人生的目标和规划，同时将计划按步骤完成且对他人负责，她们将享有无限的美好。

如何在网络上拥有你要的读者?

在博客流行的年代，我作为博客者的感觉是：从写作的角度来讲，在博客上很难构建系统性文章，对大部头的学术不利。博客生涯虽然可常保持和读者沟通，但在专业研究和深度的探寻上并无直接助益。如果从纯粹的技术层面操作，一个博客经营者如何才能最大限度地覆盖并影响他的读者呢？根据不同性格的阅读特点，技术上，遵循如下法则即可实现：

事实上，四种性格中，只要搞定三种性格的人，就能写出广受欢迎的博客。

/红色/

生活本身就太沉重，红色不愿意再去阅读沉重的文章，所以，要让红色性格爱上你的博客，趣味性是最重要的。为什么八卦文章、窥探名人隐私的文章大行其道？其中少不了红色作者和红色读者的推波助澜。红色喜欢八卦是众所周知的，他们八卦自己也八卦别人，对红色来说，没有八卦的人生是灰暗的。红色热爱八卦的根本原因是红色以追求快乐为第一要义，不愿意让沉重的思绪来困扰心灵。从这一点来说，红色读者爱读趣味性强的小品文，跟我曾分析过的红色作者更擅长于写作小品文的原因是异曲同工。其次，红色喜欢跟着社会舆论走，天性中是喜欢扎堆的。当社会舆论热炒八卦时，红色也会不甘落后地兴奋起来。

/ 蓝色 /

蓝色阅读时看重的是作品的深度。跟红色不同，蓝色对八卦性质的文章是持抗拒态度的，因为八卦最欠缺的就是深度。蓝色爱看的是深入剖析某个现象的议论文，或者以挖掘人性为主题的小说，等等。由此看来，同时满足红色和蓝色的阅读需求的文章是非常稀有的。

/ 黄色 /

黄色是实用主义者，他们认为，不管你趣味也好，深度也罢，能解决实际问题的文章才是好文章。黑猫白猫，能抓住老鼠的就是好猫，抓不住老鼠的，就是垃圾猫。在我的培训中，在评价某个发言时，最喜欢把“太浅了”三个字挂在嘴边的，不是蓝色，恰恰是黄色。待到我跟黄色进行一番深入交流之后，才解读出黄色的语汇含义。其实黄色说的“太浅了”，意思并不是要你用一些玄妙的专业术语来解释，上升到常人难以理解的高度，而只是“太浮了”“太不实际”“不解决问题”的意思，这跟黄色的行动至上、实用主义是分不开的。

除了这三种性格，绿色是写博客的人不太需要去特别为他们考虑的，因为绿色没有强烈的需求，绿色的人看博客多数抱着随意的心态，而且绿色会被其他三色所营造出来的氛围带动。这个时代有领潮人、弄潮儿和追随者，绿色常扮演追随者的角色。

综合以上各点，如果一篇博客能兼具轻巧八卦、深度内涵和实用主义这三大特点，即可天下无敌。可惜，轻巧和深度兼备是极难达到的。所以取巧的办法是先写一篇趣味横生、笑死人不偿命的，再来一篇高屋建瓴、入木三分的，然后再来一篇step by step（一步步）的实用指南。如此循环，你的博客就能覆盖最大范围的读者群。

再说一句题外话，一般什么人会看博客？根据性格色彩的原理，红色性格看博客最多，黄色性格的最少。

因为黄色觉得博客本身就不是一个“实用”的东西*（类似带头大哥的炒股博客除外）*。红色的最多，因为博客多半涉及个人内心或私密，可以满足红色那旺盛的好奇心，这也是博客上的八卦文章那么多的原因。

为何有些人
要否认真正的自己？

大多数人在学生时代都有绰号，胖胖的新女友也不例外，初中那会儿，同学们赋予她的艺名是“净月小师太”。

我与净月小师太的第一次见面缘于2006年7月12日《色眼识人》一书上市的那天。为欢送我在十三个月中反复与世隔绝的状态，狐朋狗友纷纷带上自己的家眷或编制外的小秘们小聚，净月小师太那时以胖胖准家眷的身份第一次亮相。一分半钟内，小师太原形毕露，在桌上除了胖胖谁也不认识的情况下，就开始当着一桌群众的面对我发表了祝福和感言。脑子不用打转，都能闻出来是个彻头彻尾的毫不掩饰的大红色性格。可胖胖始终认为他们家净月应该是绿色性格，原因是小师太打从和他在一起，永远是被动的、听话的、顺从的。要知道胖胖本人在情感中已然是少有的被动，比他还被动，怎么想也该是个顶天立地的算盘珠子，拨两拨才动半下。胖胖说你根本不了解她，必然是大大地误会了。而小师太本人在看完书后，也忙不迭地附和自己是绿色性格，断然不肯承认自己是红色性格。

过不了多久，我和胖胖再次见面，胖胖的信念有些动摇，认为我的说法有理，但无论如何小师太的头仍旧摇得像拨浪鼓，说对照书看了半天，觉得红色性格应该不像她，觉得这书里分类的颜色太少，得意地对我说，自己是多么特别和与众不同，这四种颜色没一种像她。

又过了一段时间，年度最后一次公开培训课上，班上各路怪人云集。而此中至少有三位学员与净月小师太的反应相同，他们对自己认定的结果坚定不移，却忽略了一个个相反现象后的实质，我在整个培训过程中看到的她们一直只有三招：

1. 站在某个色彩下，死抱桌腿，仰天长叹："打死我也不走，我就要做这个颜色。"

2. 神情恍惚，持续不断地喃喃自语："我怎么可能会是这个颜色呢？怎么可能呢？"

3. 摆出子非鱼安知鱼之乐的姿态驳斥："你又不是我，你怎么知道我是什么颜色？"

我问了净月小师太："你干吗不愿做红色性格呢？"

她告诉我："红色性格有什么好啊？又没脑子又

是笨蛋又傻大姐，我可不要做！”

原来如此！我急忙问她：“那你到底想做阴险狡猾的蓝色性格，还是心狠手辣的黄色性格，或者选择做懒惰懦弱的绿色性格？”

她愣了，问我：“老师你怎么可以这样问呢？那些性格有那么差吗？”

“对啊，那红色性格有那么差吗？”

为何人们要否认真实的自我？原来，人们内心有恐惧，有一种对于这种颜色的恐惧。因为人们的天性就是很难直视自己，一定要拿些什么来掩饰，不想别人看到自己不好的一面。就像习惯浓妆的女孩，打死也不素颜示人的道理一样，很多人都不愿承认和接受真正的自己。对于自己的一些缺点，有时人们是无可奈何的，不是不愿改，而是有太多的不是原因但似乎又是原因的原因让自己无法改变，但其实自己比任何人都厌恶自己的缺点。所以，不愿承认也不愿接受那也是正常，这样的做法只说明自己有更多的无助及无奈！

也有可能是所受的教育、经历、环境等等原因，让自己对天性中的某些行为不认同，潜意识里要求自己不断修正，导致后天在外在的表现上已经看不到本色，而现在课程上又强调每个人要找回真实的自己并首先承认自己的本色，这会让自己有种错觉，难道是要把我打回原形吗？从而本能地加以否认。

看官须知，“接纳”的第一步是少抱怨，成为更美好的自己的第一步是“接纳”。

最容易被忽悠的性格

正在写字，突然收到朋友老潘发来的一条短信，“你那边有没有电视机啊！现在快点看CCTV-1现场直播，陈冠希被炸死了，警方已封锁了整个香港。19人死亡，32人受伤，11人失踪，1人被忽悠”。

刚看了前半句，立即热血沸腾，飞身站起，才走到电视机前，想想不对，中央电视台怎么可能为了一个陈冠希现场直播，再看一遍，短信最后五个字铁板钉钉地证明俺正在被忽悠。回想起刚才自己内心荡漾的情节，汗颜不已。然后马上想到老潘这样忠厚老实、实事求是的同志怎么也会做出这样愚弄人的行为，实在辜负了我平时的信任，痛心疾首。

坐到桌前，好生郁闷，把刚才的动作放慢了一千倍，来探求以红色性格为主的自己为何常会瞬间被忽悠?

/ 第一，容易相信他人 /

我一直坚定地认为“无理由地相信他人”是种美

德，这种心态大概与蓝色相信“守时是种美德”的道理一样。的确，每个人都需要保护自己，但是能够敞开心扉地相信他人，在我看来，是件无比快乐、让我觉得自己瞬间崇高起来的事儿，而且，我总是相信，如果我相信你，你应该不忍心伤害我，也会同样回报于我吧。故此，即便屡受打击，有时难免出现怀疑的语言和神情，我的内心仍旧对“信任”是那样向往。这里，我们可以延伸出另一个结论——如果你想打击红色那是极其容易和轻松的事儿。你只需要当他信任你的时候，对他礼貌地还以不信任和怀疑，这就足以使得他愤怒、跳脚、伤心、崩溃了……尤其是当他认为你们的关系已经很近的时候，用这招摧毁他那是极其地有效。

我这么说，并非是指天下所有的红色都容易被人骗。比如，我的一位红色学员老梅很怀疑我这么说是否有道理，他说自己也曾收到此类短信，但他就不会相信。当年曾收到过一则短信，类似刘天王被炸死的消息，当时，还没看完，立即便回给对方一条信息：“我当时在现场！我看见是你抬着他出去的，并且从我身边经过，怎么未曾发现我？”我跟老梅说：“这里有几个可能，首先，你常玩网络段子，比较熟悉这种套路，一看开头，便知结果；其次，发你短信的那人是个老开玩笑的家伙，你看到是这人发的，条件反射就知道是瞎掰。可给我发短信的那人是俺做梦都想不到会玩这种把戏的。”

/ 第二，反应太快 /

红色向来以灵活而沾沾自喜，他们以猴子为偶像，而猴子的快速反应通常是以不经大脑思考为代价的。通常，还会伴随红色的附属特点“一惊一乍”出现，事情本身其实并不吓人，但他们的反应有时会把你吓到。

假设这事发生在蓝色性格身上，人家本能地要琢磨一下央视直播那得是要什么级别的事件，过去有没有这样的先例，而且最重要的是，人家至少会把整条短信从头到尾全部看完并咀嚼一遍，再考虑是否行动，不会毛手毛脚。

假设这事发生在绿色性格的人身上，会怎么样？先来讲一个绿色的故事。

小猪、小狗、小兔、小猴结伴过江，大家商议每个人讲个笑话，谁能让另外三个一起大笑就赢了，可以不用划船。小狗先讲，讲完小兔和小猴笑了，小猪没笑，小狗输了；小兔再讲，讲完小狗和小猴笑了，小猪没笑，小兔输了；小猴再讲，讲完小狗和小兔笑了，小猪还是没笑。小猴沮丧之时，

> 小猪突然笑了，说了句：“哈哈哈哈，小狗讲的笑话好好笑。”

绿色性格的人就像这只小猪，我一直戏称其为后知后觉者，对于快速反应的红色或黄色，他们会担心我这样说绿色会不会让绿色不爽。那是因为在红色和黄色两种性格的内心，他们本能地认为能快速反应者是高级的，慢反应是不高级的、是迟钝的、是低等的，他们还不明白慢节奏的动物如乌龟是最长寿的。绿色在内心根本就搞不懂你们这些啥事情都是急吼吼的家伙，觉得快慢人生都是个死，那么着急毫无必要，所以，短信来了，电视看就看，不看也就不看，没啥大不了的。

/ 第三，八卦心态 /

为何在被忽悠这种事情中，我没有提到同样反应迅速的黄色性格。除了黄色性格不像红色性格那样完全本能地敞开心胸去相信别人，还有一个重要的因素，那就是黄色性格不八卦。对于家长里短、明星绯闻，黄色性格毫不关心，你红你衰关我鸟事，既不影响我的工作，也和我所做的事毫无关系，我为什么要花自己的宝贵时间去了解你那些破事，对我又不产生什么效益，知道这些也没半点好处。所以，若是朝韩大战、钓鱼岛事态升级、存款准备金上调……举凡和自己利益切身相关之事，黄色比谁都焦点集中，若是与目标无关，还是免了。

红色性格可不同，八卦的本质是好奇心，各位当知《好奇害死猫》这部电影描述的就是红色性格是如何被自己不应该有的好奇心给害死的，此处不再展开。总之，看到八卦短信时，我有时也会想："咦，怎么会这样呢？咦，好好玩呀！咦，我要去了解一下，否则别人都知道，我不知道，岂不是很傻吗？……"

易轻信、反应过快、八卦心态，有这三个特点的红色性格，注定了容易被人忽悠。这并没有什么难堪的，被忽悠过后，红色哈哈大笑自嘲一番，下回继续。但是，需要注意的是，如果你在工作中经常被骗，那么请检讨你自己的问题。毕竟，玩笑事小，无伤大雅，若是由于自己的性格局限，经常被骗，导致人财两空，那就是笨蛋了。说得更重一些，如果你总在同一个坑里被骗，好了伤疤忘了疼，那就是自作孽，不可活了。

如何在
愤怒中永生

我仔细阅读《男人来自火星，女人来自金星》后，坚信人们是被男女关系搞累了，故而这类思想会被传颂。

如果说男人与女人的战争一直存在，无法逾越彼此理解的鸿沟，我宁愿相信男人与女人的差别除了生理以外，更多集中在社会与性别文化上。本质上，他们都由四种不同性格构成。任何一种单一的技巧都无法覆盖所有的女性，自然也无法将所有男性一网打尽。

在修炼问题上，我从不敢妄自托大，给自己脸上贴金。我一直认为自己修炼得不好，自己的臭毛病心里还是有掂量的。像“无法坚持”这样的毛病，早在几年前就定了个目标和自己较劲，已然熬过；“乱开玩笑让别人不爽”，只要让旁边的朋友抽自己耳光也不难改掉；唯一困难的是和自己愤怒的情绪做斗争。我的老师给我讲了很多伟人的故事激励我，让我学会制怒，我说：“我也知道愤怒挺没风度的，挺掉价的，挺不儒雅的，但发火就是让我很爽怎么办，有些王八蛋就是该骂。”

后来老师煞有其事地翻开一章《圣经》，架起老花镜读了一段，并做了解释，我只记得，“人可以靠运气改变生活，也可以靠坚持正确的原则改变生活。他们的区别是前者超过了人的理解范围，后者只要用正常智力就可以完成。改变需要有耐心地累积……”我听着听着睡着了。老师看到我无药可救，也不搭理我了。

其实我没睡着，在比较了自己和周围广大的愤青后，顿悟愤怒的种类逃脱不了以下三种，而这三种刚好归属于三种不同性格，唯独绿色性格的仁兄不在此列，幸福啊，平静啊，令人羡慕啊！

/ 火爆先生 /

“火先生”，性子急躁,发起脾气来像阵狂风，但转瞬即逝。所以他发脾气的毛病是爆发频率问题。通常，小小的不愉快便可引爆“火先生”，让他怒气大发（特别特别强调常见于红＋黄，少见于典型红色）。尽管发得快，消得也快，他认为自己给别人造成的伤害乃小事一桩,不足为道。他并没看到问题不在于当下的脾气所造成的后果。另外一个特征是他出口的瞬间就想停，开骂后总是觉得懊悔。

/ 怨恨先生 /

“怨先生”，从不大发脾气，表面儒雅，一派谦谦君子。相反，他不露声色，压下怒火，暗度陈仓，杀人于无形，往往会惦记着那个得罪自己的人或仇恨着这个不公平的社会。“怨先生”的愤怒是持久度的问题。

/ 控制先生 /

“控先生”与“火先生”表面很像，其实不然。“控先生”的炸药一旦点燃，便一发不可收拾。他会失去控制，用言语攻击他人，是让孩子恐慌、老婆发抖的有力武器。他们的愤怒是爆发强度的问题。他是满腔怒火没有任何预警便立即爆炸的家伙，小小的不满就会惹得他大发脾气，当工作和生活的压力让他透不过气来，那种大发脾气的强度也令他自己惊恐不已，但他就是控制不住自己的怒火，他们觉得发怒和斥责他人是摆出上帝姿态和扮演胜利者角色的重要途径。

以上三种是这三位先生的愤怒症状，然而这三位的愤怒原因不尽相同：

/ 火先生 /

○ 被激怒

○ 觉得被误解

/ 怨先生 /

○ 对生活现状失望

○ 不公平

/ 控先生 /

○ 权利被侵犯

○ 目标受阻

除了愤男外，愤女们也是一路货色。总之，假设你的情绪很难控制，基本就是以上的路数。我占了两种，这些年，一直用“情绪控制五步法”为自己把关，在愤怒中自赎。这五步法，是吾师武力所创，口诀为“消极情绪不见人，见人不说话，说话不议论，议论不决定，决定不行动”。这五句话可谓精妙异常，影响我到如今。

想想歌德老先生终身学习控制情绪，最终达到令人惊叹的平衡。他敏锐而和谐，不与现实过分冲突而又能搞点新意，这点，也是歌德得到不少人文主义者景仰的原因。控制情绪的技艺甚至比诗艺还来得可贵。

在你向歌德学习的同时，牢记这“情绪控制五步法”，可救你于愤怒而不死。

给内心狂躁者的药方

我知道自己很容易狂躁和神经质，我还没有那种修道者清心寡欲的境界，内心的纠结翻滚，常使我在自我否定和自我狂妄的两极中挣扎，滋味并不好受。

在弗德曼博士和罗森曼博士为《A类行为与心脏》一书所做的调查中，罗列了与压力相关的诸多特征，他们认为如果表现出许多A类行为就称作“A+类性格”，但只要表现出一种以下特征就足以使你成为一个A类人。当你看完这些描述以后，你会轻易地发现，这些特征几乎全部是黄色性格的明显特质，假设你符合以下九种描述中的一个，恭喜你也进入A类了。博士们另一个观点是，他们认为这些特征往往在男性身上表现明显，这个观点我完全不同意，事实上，性格中有黄色的职业女性比比皆是。以下就是九大描述：

1．我从来都不满意我的成就。

2．我对自己没有耐心。我对别人没有耐心。

3. 我给自己安排的事情太多，以至于一次交通堵塞就把自己一天的计划全盘打乱。

4. 我对刺激上瘾；我宁愿事情多得做不过来，也不愿意无事可做。我觉得我在压力下工作可以干得更好，所以我常常让工作堆积如山，直到压得自己喘不过气来为止。

5. 我在运动竞赛时争强好胜，工作中我暗地里评估别人的进步，然后期望自己比别人做得更好。

6. 我对自己期望太高，以致无法容忍任何进一步的要求或批评。

7. 我有电话紧张症。每次电话一响，我就以为有新的问题要我去解决。我非常讨厌等待！

8. 我性子急，但是我竭力掩饰。

9. 我感觉工作已经成了我生活的全部。

在细品上述九条描述后，我惊喜地发现自己的炎症已经进入A+++++++++的病入膏肓级。博士们没有描述这种级别的患者带来的心灵伤害会是什么，依照我的理解，常感觉自己已接近崩溃的边缘，又被一只无形的手拉了回来。而因为被自己所认可的目标不断推动，继续周而复始上述过程，这是红＋黄性格的内心状态；而典型黄色的走向，走到极致，便是黄光裕式的结尾。无论是哪一种，我的确需要知道该如何解决。

所以，以下法则赠送给从A+到A+++++++++的人们：

/ 要允许自己娱乐 /

老郎一直对我有强烈不满的事情是，他认为与我打电话和聊天极其无趣。譬如通电话的时候，我会经常同时敲击键盘在MSN上与第三乃至第四者对话；以他的法眼，到他家串门，不到二十分钟，他便断定我开始神游，坐立不安，时刻准备着进入下一场的约会和战斗。

我告诉他，我一直接受的教育是“今天工作不努力，明天努力找工作”“你必须首先做你应该做的事情，然后你才能做你想做的事情”。我也想玩啊，但是我现在怎么能玩呢？玩是万恶之源，玩会浪费时间，玩会磨人心志，我义正词严地讲述着我的哲理：“现在的努力工作就是为了将来努力地玩，而且工作本身就是娱乐。”

老郎不喜欢讲大道理，他不会像教科书那样告诉我“松弛有度”，不会像哲人那样说，“不要等着世界允许你休息一下，那时候你可能就没有精力去玩了”。他也不会像教授那样劝诫我：“累了一天之后，不要把你的孩子打发到别的屋里去玩，而是要和他们一起玩。这会给你一段休息的时间，也能给你一个机会去捕捉你的孩子从婴儿到少年快速成长中稍纵即逝的一瞬，另外我相信，你从中也会得到一些乐趣。”

学中文的他，说了一个数学不等式：放松≠复原。

/ 把你的身心健康作为你的当务之急 /

如果你要虐待自己，送你三条高级法则：

第一，要把自己当成廉价劳动力用。人这种动物很奇妙，每日高喊“压力越大，动力越大”“每个人都有无限潜能，只有压力下才能充分激发”十遍，你一定可以成为铁人。

第二，要努力遏制自己的情感需求。因为情感的需求是可耻的脆弱的幼稚的，强者可以自由进出情感空间，让情感为自己的目标服务。

第三，要在心里对自己非常冷酷。即使有情感需求，也必先斩之而后快。“绝情谷”之所以能成为天下第一毒谷，是因为谷主深知举凡有情者必为情所伤，为了成功，要在心理上彻底自宫。

以上高级法则的代价一般都不算很大，顶多每年做两个手术啊，或者将自己变为一个六亲不认的魔道高手。反正 “神道也是道，魔道也是道”，既然都是道，又有什么关系呢？

/ 重新审视你的时间紧迫感 /

内心狂躁者往往把他们取得的每个成功都归功于他们分秒必争大干快上的做事方式。他们认为他们同时干两个活或是在只能干一个活的时间里干了两个活，那必定是大赚特赚的买卖。而不幸的是，内心狂躁者的成功总会带来不耐烦、激动、愤怒这三种副作用。

更滑稽的是，那些从容不迫的人完成工作所用的时间，和那些匆忙赶工埋头向前的人所用的时间是一样的！因为“不耐烦、激动、愤怒”这三驾马车足以干扰一个人的情绪，把手头的工作打乱，导致效率的降低。这三大情绪恶神使内心狂躁者距离他们给自己定的目标越来越远。

难道真的有那么紧张吗？比地震来临还要紧张？

/ 认清真实的自己 /

我们觉得我们自己是知道自己应该做什么样的人

的，而我们中的有些人知道我们愿意做什么样的人；但是很少有人知道我们实际上是什么样的人。

知道我是谁，知道我现在在哪儿，知道我要往哪里去，知道我为什么会成为现在这个样子，知道为何别人对我的认知与我对自己的认知有如此巨大的差异，是五件完全不同的事情。这五件事情相加，构成了FPA性格色彩系统中最重要也是最困难的“洞见”。你确信这五件事情你都清楚了吗？

如果我们能够知道我们在什么时候、什么场合会出现上述九大特征，我们便有了控制自己行为的可能，解决问题正是从认识问题开始的。问题的关键是我们是否意识到这些是问题，我们正在追寻的这些对我们真的很重要吗？还是我们一直在寻找和追求那些其实对我们一生并不重要的东西，而我们却身陷其中，无法自拔。

如果内心狂躁者能像自己希望别人对待自己那样善意地对待自己，一切会朝好的方向发展。关键是你开始行动了吗？

拍马屁和吃马屁
哪样更快乐？

对于红色而言，接受赞美（*所谓吃马屁*），是件快乐的事情；而与此同时，给出赞美（*所谓拍马屁*），也是红色的本能。当两个红色相遇，彼此互相拍马屁赞美的过程假若能做到妙趣横生，真是一种有趣的艺术。

以下是我和客户A之间的对话，她十年前以一个小公司人力资源主管的身份参加了我举办的公开研讨班，算是我的学生，后来摇身一变，鸟枪换炮，升任一家大公司的人力资源总监，就把性格色彩课程系统地引入公司，我一直调侃她为A老师。A本人是红色性格，但因长期在德企工作，被德国人训练出的严谨和仔细早已深入骨髓，不了解她的人，如果只看她平日里的说话和做事，必会认为她是一个较真的蓝色性格。

A为了此次公司内部的培训，早早就做好准备。当我看到他们仅为了一个课前名单所准备的PPT，瞬间肃然起敬，展开如下对话。

乐嘉老师：

您好！很期待您即将给我们部门的培训！

2009年我们部门发展很快，此次参加培训的将有三十人。当初组织本次培训时，就考虑到有部分同事未参加过去年的培训，故安排新同事参加今年你们的公开课。想不到的是最近又有十人加入我们的团队，那就意味着三分之一的同事还未接触FPA，就要上进阶了，不知怎样可以解决？所以我先把部门架构、学员名字和他们FPA性格色彩的学习情况附上，希望您能提前了解。*(详情请见附件的PPT)*

这些名单之中，参加过基础班的共十二人，包括如下众人……参加过公开课的共七人，包括如下众人……未参加过任何培训的共十人，包括如下众人……

不过我相信我不用杞人忧天的。谢谢！

Amy

Amy老师：

我看了你附件里的PPT，你做的东西之好，让我落泪，实在太好！太好！！太好！！！

乐嘉

乐嘉老师：

前面那个PPT是我的同事做的，这封信里的这个附件才是我做的！看你这回怎么夸？！

Amy

Amy老师：

这样吧，我拜你为师，你教我做PPT吧，你让我对我自己的人生毫无信心，太过分了。

乐嘉

乐嘉老师：

1.这些事您根本不用学，您只要吩咐蓝色的人做就是了。

2.一般来说，像您这样的红色做PPT永远达不到蓝色的要求，这样您会对自己更加没有信心的。我本来想要的是您对我PPT的表扬，因为基本上没人对我的PPT做过评价，有人可能不敢，有人可能觉得说好会是拍马屁，而我也从没在意。不过这次有老师的表扬，那当然不同了，我且当表扬收下了，谢谢！

Amy

Amy老师：

性格色彩进阶课有个章节会教到：红+黄的人一旦有了要求，会比蓝色更蓝色，所以第二个问题您根本不用担心，我对要求变态的程度相当骨灰级。

第一个问题，我的确可以交代下去，但是我一想到自己做的东西是那么好看，会得到巨大的快乐，对于制作东西本身我会有无限快感，所以还是羡慕你有这样的本领啊。因为我做不到，所以别人能做到我羡慕，这是我红色的特性使然。

关键问题不是制作精良的问题，是你的团队都很精良，而且在这么小的一个培训名单上你都这么用心，更是令人赞叹不已。我们和你们公司合作至少五十次以上，你是唯一能这样做的，更是弥足珍贵，请接受我真诚的敬礼！

乐嘉

起先，我对她的赞颂纯属好玩，调侃几句，聊作笑谈。后来发现她居然上了瘾，一来二去，这种彼此的吹嘘恭维变成了一种真实的快乐。

欲修炼黄色性格者必读
——传说中哈佛图书馆墙壁上的格言

方晓转给我一个江湖上流传甚广的邮件，主题是“哈佛图书馆墙壁上的格言”，他建议我重点关注第九条，顺便感慨了一声，够狠吧。我们分别在自己的电脑前莞尔一笑，仿佛能感觉到对方正在微笑。

这组格言的味道和《色眼识人》一书中描述黄色性格时提到的比尔·盖茨那段对大学生演讲的告诫有异曲同工之处。和方晓观点不同的是，我倒觉得第十一条更有黄色无限的杀气和凌厉的大气。好不威武，让人称羡。遂决定用毛笔抄写下来贴在我家马桶正对面，每天自我激励。我不清楚到底这段文字是否真的出自于哈佛，假若是，这个学校的厉害在于不管你是谁，要让你从学校出来的时候，变成一个黄色性格，就像寺庙是训练人走向绿色性格的绝佳去处一样；假若这些话并非出于哈佛，只是好事者假借其名传播，足以证明在人们的心目中，哈佛是这样的形象。不管是不是，以下括号部分是我的注释，里面的本质在《色眼识人》中及过去都有提过，这回换个角度再来一轮，从中你可再次了解黄色的内心。

1. This moment will nap, you will have a dream; but this moment study, you will interpret a dream.

此刻打盹，你将做梦；而此刻学习，你将圆梦。*（充分说明黄色对于偷懒的憎恨；对于勤奋的欣赏。）*

2. Only has compared to the others early, diligently diligently, can feel the successful taste.

只有比别人更早、更勤奋地努力，才能尝到成功的滋味。*（黄色的努力。）*

3. Has not been difficult, then does not have attains.

没有艰辛，便无所获。*（继续上条，说明黄色的努力。）*

4. Not matter of the today will drag tomorrow.

勿将今日之事拖到明日。*（黄色痛恨拖延，喜欢高效率。）*

5. The time is passing.

时间在流逝。*（黄色崇尚节约时间，高效率。）*

6. One day, has not been able again to come.

一天过完，不会再来。*（再来一条，黄色性格的节约时间。）*

7. Time the study pain is temporary, has not learned the pain is life-long.

学习的苦痛是暂时的，未学到的痛苦是终生的。*（黄色对于内心必须不停成长的强烈需求。）*

8. Studies this matter, lacks the time, but is lacks diligently.

学习这件事，不是缺乏时间，而是缺乏努力。*（黄色绝对不允许逃避和寻找借口。）*

9. Perhaps happiness does not arrange the position, but succeeds must arrange the position.

幸福或许不排名次，但成功必排名次。*（黄色对于竞争有无限向往，对于输赢无限在乎。另外，对于黄色来讲，显然"成功"比"幸福"要重要得多。）*

10. The study certainly is not the life complete. But, since continually life part of – studies also is unable to conquer, what but also can make?

学习并不是人生的全部。但，既然连人生的一部分——学习也无法征服，还能做什么呢？*（在这里，用了一个重要的词"征服"，这个词是黄色人生中重要的基石，包括征服女人、征服困难、征服对手、征服不能征服的一切……）*

11. Please enjoy the pain which is unable to avoid.

请享受无法回避的痛苦。*（要么改变，要么接纳。既然接纳，在痛苦地接纳和快乐地接纳中，黄色选择后者，这堪称最经典的黄色对于痛苦的感受的态度！！！）*

12. Nobody can casually succeed, it comes from the thorough self-control and the will.

    谁也不能随随便便成功，它来自彻底的自我管理和毅力。*（在自控的特点上，四种性格中黄色性格最强，有人会不理解黄色和蓝色的差别吗？我更愿意称蓝色性格长于自律。）*

13. Now drips the saliva, will become tomorrow the tear.

    现在流的口水，将成为明天的眼泪。*（与下一条意思相同。）*

14. Today does not walk, will have to run tomorrow.

    今天不走，明天要跑。*（黄色对于未来，最擅长运用危机恐吓法来自我激励。）*

15. The dog equally study, the gentleman equally plays.

    狗一样地学，绅士一样地玩。*（黄色的努力工作，不过这句话并不是典型黄色的做法，还带有了一些红色性格的特质，因为如果是彻底的大黄色，他们的格言会变成“狗一样地学，狗一样地继续学”。）*

16. The investment future person will be, will be loyal to the reality person.

投资未来的人是忠于现实的人。*（首先说明黄色的现实性，他们不喜欢虚幻，他们喜欢能抓得到的；其次，再次凸显黄色对于未来的看重，对于长远的看重，对于大局的看重。）*

17. The education level represents the income.

受教育程度代表收入。*（真真是时刻不忘与现实挂钩啊！）*

18. Even if the present, the match does not stop changes the page.

即使现在，对手也在不停地翻动书页。*（黄色认为不进步就是退步，必须要居安思危。）*

你能读懂温暾水的上司或下属吗？

如果你完全不了解性格色彩，初次拿到本书，乍一开始，你会被红蓝黄绿搞得稀里糊涂，所以，为了帮助你快速进入，我会用一些日常工作和生活中耳熟能详的词语做替代。本文标题中的“温暾水”正是绿色性格的代言。在《色眼再识人》的绿色章节中，有一篇《如何推动这些让人无奈的家伙》就是讲的这种性格。

假若一个习惯干脆利落直达目标的你正在阅读此文，学会放慢脚步显然会让你不适应，即使你家中储备了为数不少的《慢节奏生活》这样鼓吹简单生活就是美的书籍，“放慢脚步”这样的口号对你来讲仍旧不过是句空话。这话对你如此无用，因为，对我也是如此。

如数家珍地点出慢步调生活的种种优越之处，并非难事；难在人们都明白道理，却不见得会去做。本文不谈生活和工作的平衡，不谈身体的自我保健，不谈过度透支的巨大危害，只从以下几个问题进入绿色的内心。

/ 问题一：为什么绿色不喜欢多干活？ /

绿色性格是最重视生活和工作平衡的颜色。生活和工作的平衡，有时被视为一种哲学理论或社会观念，但，不同的性格会让人们更容易或更困难地接受某种观念。拿绿色来说，他们接受无为无欲无求的观念是最不费力的。相反，如果要灌输给他们宁死不屈的价值观，就相当困难。绿色的天性是和谐，人和人的关系要和谐，生活与工作要和谐，休息时间和工作时间要和谐。一个绿色的朋友接到别人要他干活的电话，从他没什么力气的回答中，你能体察到他的不开心，一问才知道，原来是别人委托他干私活。当你很奇怪有钱赚他为何不高兴时，他回答说觉得累……这事对于黄色来说，简直无法理解。黄色性格认为只要有目标，工作是生命的必需，过早地上床睡觉是一种罪过。这些都是没错的。但是假如有一天黄色突然明白，绿色并不像他那样视工作为生命的必需，相反绿色会视休息为生命的必然，视侵害他人的休息时间为犯罪，也请不要惊讶！

不同性格的人对同一件事情会有完全不同的理解，你也许是对的，但并不代表别人就是错的。

/ 问题二：你该拿什么推动绿色下属？ /

绿色的加班，要么因为别人的直接要求，这是为了人际关系的和谐；要么是因为如果他不加班，别人就要受到影响。

还是拿上面那位绿色的朋友举例，有一次他很不情愿地说，回家还得加班赶活。我说太晚了，明天再说吧。绿色告知我，如果他不按时交图，在他后面负责打图的人就没足够的时间来做了。每当绿色想到他的慢可能会连累在他后面工作的人，就觉得不行，只能快一点了。追求和谐，在这里的意思就是，绿色对自己说："我不要让别人受到影响，不要连累别人、耽误别人。"这里再一次证明绿色的梦想，就是天下无贼，所有人相安无事。

从这点来看，你就抓住了绿色一个并不多见的软肋——他们害怕影响别人。当你发现绿色性格的拖拉已经让你忍无可忍，你必须要推动他快速完成的时候，你可以说，如果这个事情不能按时完成的话，整个部门所有的人都会受到影响，并且大家的奖金全部都会被扣除。绿色从不担心自己的行为拖延影响自己，但是绿色会忌惮由于自己的拖延让其他人受到影响。

换句话说，如果你对绿色说："这样下去，你这一辈子就完了，不会有任何成就。"绿色一定会说："我无所谓，我这样下去没什么不好。"但假如你对绿色说："你这样下去，你爸妈上吊，你哥哥会跳楼……"绿色一定会重视这件事。当然，这个说法不能太夸张，要有可信度。

说白了，最能打动绿色的不是单纯的后果恐吓，而是让绿色明白，他所做的事会给别人带来不幸和痛苦，这对绿色是最有效的。

/ 问题三：为何绿色的老板也会让下属惶恐？ /

绿色内心深处对于压力管理有抵触，而且他们以己度人，觉得下属也和自己一样，需要更多的休息。绿色通常能为下属营造一个没有压力的宽松环境，除非有自己无法完成又必须完成的事情，否则他想不出有任何理由让下属来加班，破坏下属生活和工作的平衡。

在给一家制造型企业做培训时，他们提到当年曾经跟过的一个绿色老板，这真的是一个大好人啊，但后来还是被总经理给炒掉了。为了向我说明这件事情的来龙去脉，他们拿出当年一封不同性格的下属联名写给这位绿色老板的信，内容如下：

亲爱的老板，你好。深深感谢你在过往这段时间里对我们的照顾。你的友善、同情心和从不挑剔抱怨让我们在如沐春风的环境中工作，因而得以没有心理包袱地发挥出个人所长，这是我们最应该感谢和感激的地方。但是，有时你应该更加坚持原则。比如当我们犯错时，希望你该说则说、该罚则罚，这样可以鞭策我们不松懈、内心踏实地干下去；当我们部门和其他部门有利益冲突时，希望你不要太站在对方立场，对方的利益对方的老板会考虑，你还是应该为自己部门争取应得的，而不要让别人误以为我们是一帮软弱的胆小鬼。

看懂了这封信，你就更清楚绿色性格与黄色性格的动机完全不同，在黄色看来，不努力抓紧时间赚钱干活，对于自己是时间的浪费，是生命的亵渎，而且员工跟着自己，自己有责任要想方设法督促甚至迫使员工成长，只要对员工最终的结果是好的，员工说我什么不重要。这样看来，“人生得意须尽欢”这句话如果是红色发明的，“人生苦短”这句话就是黄色创造的。遗憾的是，绿色性格的老板被斩首时，也未必知道自己是怎么死的，他不会认为自己有什么问题，其实问题的关键只有一句话——就是下属们跟着他不知道要走向何方。对于很多人而言，宁可痛苦地有方向，也不要舒适地无目标。这种下属的惶恐不是来源于对其为人的恐惧，而是来源于跟着绿色老板对未来前途的不确定。

如何搞定
像我这样性格的老板

/ 看红+黄老板的软肋 /

“打蛇要打在七寸，让人死要踢软肋”，只要是人，每个人都有软肋。

我，作为一个红+黄性格的典型代表，也有软肋。

很多次，我发现自己痛恨强硬的人。举凡和强硬者对抗，对抗的结局都无好下场，不是对方无好下场，而是大家都没好下场。因为我不妥协，故此希望对方妥协，对方只要敬我一寸，我便敬人一丈；反之，大家鱼死网破，死不足惜。

很多次，我一直以为自己这种拿不上台面的特质是源于自己性格深处的黄色成分，而对方势必是典型的黄色性格，才会与我水火不相容。结果，我发现，我错了。

真正的黄色性格有理性，知道自己要什么，他们的妥协是为了目标而妥协；虚假的黄色无理性，他们也知道自己要什么，但是当情绪激动时，要的也可以不要。

我扫视了一圈自己周围的朋友，目光定焦在一些同类身上。他们一样朝气、一样上进、一样无畏、一样表现得宁死不屈，结果，我和他们对抗。我一直不明白为何他们要如此强硬。他们反问，为何我要如此强硬？

在自省后的今天，原因找到了。当性格本色第二色为黄色的人长期处在一群真正高黄色人群的环境下，他们原来性格中排在第二位的黄色会被最大限度地激发，从而在表面的行为上跃升在前。

/ 当红+黄进入超黄色的工作环境中 /

我认识一休 *(典型的红+黄)* 时，正是他年富力强之时，风趣幽默，活力止不住地外泄。自从进到一家声势浩大的外企，整个人的节奏被彻底颠覆，前两天告诉我关于他的喜讯如下：

> 报告乐老，我在一家极度黄色的公司终于生存了下来，这家公司是做硬盘的。上个季度，仅我们一个生产基地就供应了全世界57%的硬盘。这家公司每天的工作节奏可以说忙到

吓死人，就这样小心翼翼地专心工作，每天不到晚上十点，不算结束。我每天潜心工作，奋力追赶，昨天老板终于说，你可以生存在这家公司里了。所以今天上来向您老汇报：“我还活着！！”这个充满黄色性格文化的公司黄到我们每天中午吃饭都不会放过你，叫lunch meeting。边吃饭，边开会。但其实我觉得很有意思！！！

几个大老板都是黄色男人，晚上起床上厕所，马桶上都要用电脑发个邮件；然后另外一个老板上厕所，看到邮件，在马桶上再回复一下。我现在觉得很有意思，所以在这里继续干，但是付出的代价就是疯狂地动作，这里每一个人说活的语速都会不自觉地加快。我每个星期要见一次这三位中国区老总，他们给我说的话就是：“工作多好啊，是一种乐趣。你这么年轻总是享受生活，多浪费啊。你喝铁观音的时间可以回复至少十封邮件。”

我坚信，在一群要钱不要命的工作狂的熏陶和逼迫下，一休哥定会被训练得越来越富有力度，在压力状态下，会变得更富有进攻性。

/ 本质上他们是心软的 /

我始终认为，在工作环境中是训练外在筋骨皮的强硬，而家庭成长中的压迫是对内在精气神强硬的锤炼。一休告诉我说，他觉得现在自己的工作很有意思，让我突然开始更理解小简。

小简与我交情甚笃，只是言语中时常抬杠，总是对抗到最后，怒向胆边生，不欢而散。我始终不明白一个红色性格为主的人为何总是不懂得妥协，就像我拷问自己为何不妥协一样，现在终于明白了。

简姑娘出身豪门，自小不靠爹娘，学生时代开始倒腾买卖，若干年后成了业界女老板，俨然小富。家中所有长辈尽皆黄色性格。简父高瞻远瞩，为家族绵绵不绝、千秋万代着想，早为简姑娘相好了娃娃亲。男方乃超级黄色，年幼时被一超过自己四十厘米的大个子言语欺辱，二话不说，跳将起来，一拳击中对方人中，放倒对方。简姑娘勇猛无敌，冷静睿智，敢于担当，颇得简父喜爱。亲家公亦是备受其父尊崇的黄色性格的生意豪强。家族门当户对，两个娃娃相识很久，简视对方如兄，对方视简为妻。最近几年当中，家族要求双方成婚的呼声越来越高，而从父亲开始一直到七姑八姨，众多黄色性格齐齐上阵，软硬兼施，力图让小简就范，小简宁死不屈。然而正是在长期的斗争当中，小简的性格呈现的轨迹十分清晰：你好好和我说话，我就听，大不了装样子听；你不好好和我说话，那我们就看看“谁怕谁”。

表面重理，其实重情。我以为，这是红+黄的本质。

/ 当你的老板是红+黄 /

首先恭喜你，拥有一个红+黄的老板是你的幸运，他既有能力又开朗热情，能够为所领导的团队争取应得的利益，同时也会兼顾人情方面的考量。他不像黄色那样一味地工作，也不像红色那样没心没肺。但是，在你庆幸自己拥有一位如此英明睿智的上司时，红+黄潜在的威胁也可能正向你袭来。一位红+黄的老板情绪爆发时相当惊人，他可能瞬间抹杀之前与你的所有良好互动，眼睛像刀子一样盯着你的不是，而且丝毫不给你辩解的机会。当然，发作过后，他还是会和你重归于好。究竟如何运用性格色彩工具，让火山不要爆发，或是在火山将要爆发时如何及时疏导，你可尝试以下几种办法：

- ○ 不要试图跟一个正在情绪化当中的红 + 黄讲道理。无论你如何努力，你会发现你根本讲不过他，即使你比他有道理，在当下，他也不会认可。

- ○ 不要试图逃避话题或把责任推给别人，红 + 黄最痛恨这种行径，甚至他会忘记他本来要批评你的事情，而将全部火力集中在你逃避责任这一问题上。

- ○ 不要用任何带有威胁感觉的潜在语气。如“你再这么挑剔，我就没办法做事儿了”，没错，这在红 + 黄老板的理解中就是威胁，他对于要挟是极其敏感而且不能容忍的。

- ○ 不要诉苦或抱怨任何客观原因，或归咎于自己能力有限，红 + 黄笃信“只要你想做，没有什么是办不到的”，你的解释会被他认为是欺骗。

- ○ 最后，也是最重要的，当红 + 黄的老板质疑你的工作失误时，安安静静地听着，等他情绪稳定下来后，去做自己该做的事就可以了。事后他自己会来评估这件事到底有没有他在气头上时说的那么严重。

当内敛含蓄的董事长遇到强硬直接的总经理

在清华EDP（高级经理人发展课程）总裁班做完培训的第二天，我收到一封学员的邮件：

我们董事长是一个非常聪明，且思想超前、善于思考的蓝色性格。他希望逐步从总经理的职位上脱离出来，从而拿出更多的精力去考虑公司的长远发展与规划。于是，去年10月份，我们招聘了一位总经理，女性，典型的黄色性格，坚韧泼辣，比男人还要有魄力。可以说，自打她进入公司的第一天，我们所有部门都感受到了前所未有的压力。原因是她对哪里都不满，用一双慧眼扫描出公司已经呈现的或潜在的很多问题，并且以她强硬的方式要求各部门立即改善。

我们的黄色女总经理有一句口头禅："不行，我不能接受，你们一定要……"这句话用来说普通员工也就罢了，但是对于在公司工作了多年的中层管理者，她也会毫不留情地当众甩上这么一句，搞得对方完全下不了台。而且，她对自己的决策非常自信，完全没有向董事长汇报的习惯。比如我们董事长要出差，以他按规矩办事的性格，每次离开都要把事情按计划交代好，但是我们的总经理却会不耐烦地说："你放心吧，一定不会有问题的！"

在她到来后不久，就制造了一档子震惊公司上下的"大事"。起因是我们一个分厂的厂长对她的指令配合得不好，于是她越过生产总监直接要开除那位厂长。等到生产总监得知消息，自然是极力反对："没有人比他更了解生产程序。"而我们的黄色总经理全然不在乎地说："我马上就能招来一堆更了解的人！"最后，在董事长的干预下，这件事情才算告一段落。

如果你以为事情到此为止，那么就大错特错了！

两年前，在董事长的带领下，公司的研发部门齐心合力完成了一套物流系统，大概花费了一百万人民币。而总经理来了之后，经过初步的了解就对董事长说："这套系统太烂了，必须马上更换。"董事长自然非常生气："你知道我们上这套系统是多么不容易呀，我们花费了多少财力、物力、人力……"谁想到，总经理拿出了十倍以上的理由把董事长顶了回去。

一段时间后，董事长征求了几位主要领导的意见，最终决定将总经理辞退。用他的话说：“不能再继续了，她是在拆我的团队。她的方式就是以自我为中心，而不是考虑如何去带领整个团队逐步提升。”

这样的案例对于很多企业来说并不陌生，做事严谨、讲究规则但有时会墨守成规的蓝色董事长，遇到了以革新为己任并且超级固执己见的黄色CEO，想不出现碰撞都难。这里就谈谈他们冲突的根源和解决之道。

/ 寻找蓝色与黄色的冲突根源 /

“做任何事情首先制订好计划，然后严格地按照计划去执行”，这在蓝色做事的原则中处于第二位，而他们放在首位的则是：“要么不做，要做就做到最好！”这一点与“只求数量不求质量”的黄色恰恰背道而驰。

当蓝色与黄色共同去完成一项任务时，他们制订了一个大家都认可的计划。然而计划开始没多久，黄色因为对速度的关注，突然发现有更近的路可以到达目的地，便会毫不迟疑地用惯常的命令式的口吻要求蓝色。蓝色岂是一只软柿子？当然不会妥协！而黄色总认为自己的观点是对的，这会让蓝色非常反感和抵触。在一场硬对硬的碰撞中，双方即使充盈着血水、泪水与汗水，也都不肯松口，这一切皆缘于他们都超级坚持！

说得通俗一点，用猫捉老鼠的故事来做个比喻。黄色认为用什么猫捉不重要，捉到老鼠才最重要。而蓝色认为捉到老鼠固然很重要，但用什么猫捉和怎么捉同样重要。

在许多组织的管理者中，以蓝色为代表的理智主义者占据着主导地位。他们希望企业的运作清晰可见，控制有方，不喜欢让人感到模糊和困惑；他们的指导思想是规则、条例和政策，他们关注的焦点是细节，不给偶然突发的状况留下任何空间。

然而，与蓝色不同的是，黄色对于结果与实用的关注总能让他们在最快的时间里解决问题，而不是任凭问题继续泛滥或恶化。在出现状况时，黄色通常不关心问题是怎样发生的，只关心解决问题的方法在哪里。在很多公司里，黄色领导者的口头禅永远是：“好了，我知道了，你说的这些不重要，重要的是怎么把这个问题搞定。”的确，我们有时会为他们极度糟糕的耐心而摇头，但有时也不得不感慨，正是黄色永远将焦点放在结果和解决方法上的特征，才使我们的世界得以前进。

最高领导者往往决定着一个企业的文化价值取向和整体的行事风格。长期在蓝色董事长领导下的企业，自然会给予计划性、耐心、细致和精益求精这类特质以最高的赞美。员工们已经习惯了这样的前进模式。当一位大刀阔斧的黄色CEO快速切入，并试图用跳过细节、直指目标的思维方式来改造整个企业时，团队中的多数人肯定会无法适应。而这一切在蓝色董事长眼里就变成了“是在拆我的团队”。如果蓝色董事长选择了另外一种性格的接任者，或者在引入黄色CEO时先加以必要的铺垫，一切都会不同。

/ 给蓝色董事长的建议 /

假如你是蓝色的大老板，你的改进和发展空间可能在以下几个方面：

○ 你的高标准是一把双刃剑。员工会因你寻求完美而振奋，但他们更会因为无法获得你的认可而沮丧。

○ 蓝色至少可以通过两个方面激励他人的成长。其一，当别人工作出色时赞扬他们；其二，授权并给予他人足够的空间。这样不论你是不是亲临现场控制，都能顺利完成使命，员工也将获得成长。

○ 主动地四处走走，多花些时间与同事相处，学会在休息室与员工闲聊攀谈。

○ 你应该从这样一个事实中清醒过来，那就是：你可以高标准严要求，但不能事事追求完美。请将这个沉重的负担从你的肩上卸下来，同时也从员工的肩上卸下来。

/ 给黄色总经理的建议 /

假如你是一位黄色的管理者，以下的建议应该能帮到你：

○ 逐步克制你咄咄逼人的气势！谨记，你的锐气会令别人不适，也常会让你的下属常存恐慌和心存怨恨。

○ 接受错误是不可避免的，请训练自己的宽容。你甚至可以拿自己的错误来开开玩笑，而不是总要维持一个超人的形象。

○ 处理的最佳方案之一就是尽可能地缓和和减少那些尖锐的批评，无论是口头的或非口头的。你有时看上去太过严厉了，让人恐惧。

○ 努力做到不要过分专横！虽然黄色往往表现得激进，但也要虚心请教别人的意见，尤其是在实施一些合作方案时。

老板往死里骂你时，你到底该怎么做？

第一次见到莫文，是在2006年性格色彩中心举办的性格色彩领导力培训班上。虽然他业绩在公司一直是头牌，并且带着一个销售团队，但老板总是骂他，这让他觉得老板对自己很不满。这次，不容他置疑，老板直接把他送到了课堂上，要求他必须认真学习。

莫名其妙来到课堂的莫先生起初怀揣防卫之心，在听完我对红色性格的诠释后立即发问："我是个红色性格，我老板应该是个黄色性格，每次我一不小心犯了错误，他就骂我，搞得我现在都不知道该怎么办，在想自己到底还能做多久。他到底想让我怎样呢？"

听了莫文的详细讲述，我帮他梳理了遇到的问题：一个红色下属屡次犯低级错误，被黄色老板骂了多次，红色下属就是不改。红色下属擅长跟客户打成一片，嘴甜讨喜，能说会道，灵活多变反应快；但红色的缺点也很明显，情绪波动严重，随着性子做生意，总是忘了跟进，让到手的生意拖延甚至泡汤，让人感觉不安稳。每次黄色老板发火，红色下属总是连连道歉认错。但认错之后，下次照样重犯，让黄色老板觉得自己说的话如同放屁。对黄色老板而言，这个红色下属有他的优点，老板并不想解雇他，否则也不会花钱送他来参加学习了，但如果这个红色下属继续如此无可救药的话，保不住哪天老板就会动了杀机。

莫文觉得我的分析很是牛×，但突然心情更加沮丧，因为他完全不知道该怎样搞定他的老板——怎样才可以让他的老板满意。现在问题的关键就是：当性格中有黄色的老板在骂你时，他到底在想些什么？需要怎样应对，才能不让他骂得更凶，并快速达成彼此正确的理解和良好的结果？这种情形，总是一次又一次在不同的公司里重复上演。

说白了，这就是性格色彩中的“钻石法则”，当自己犯错时，到底用什么样的方法才能更好地与正在骂娘的黄色性格老板相处？

为了帮助莫文深刻理解这一难题，我用了性格色彩中一大专业法宝。当着他的面，找了三个我以前的学员——和他老板一样性格的老板去“借力”，分别给他们打了电话。当三位老板分享完他们的内心想法后，答案浮出水面。

/ 老板A：道歉是没有用的 /

我问A："当下属犯了错误，你会发火吗？"

A说："错误可以犯，但要看是什么错误。如果是低级错误，而且重复犯，那我肯定不能容忍。过去我会用直接发火的方式，现在我会考虑是否他不适合目前的岗位或工作方式，可能会做出调整。"

我："那当你发火的时候，下属知道自己错了，道歉可以吗？"

A："如果我已经处在愤怒情绪的顶峰了，说什么都是没用的，道歉也没用。"

我："那在那个节骨眼上，你希望下属以怎样的方式来回应呢？因为我也遇到过这样的情况，我道歉并不能平息对方的怒火。"

A想了想，说："在那个时候，最好什么也别说，千万别解释，因为我已经情绪化了，解释只会火上浇油。我希望当我怒火平息以后，他能够提出一个改正自己错误的方案给我，并且确实做到。"

我："嗯，原来是这样。我曾遇到过这样的

情况，我不止一次地忘记了事情，对方很愤怒地问我，为什么会忘呢？我答因为最近太忙了。他更加愤怒地说，难道你有我这么忙吗？”

A点点头，“是的，我以前常说的一句话就是，我都能做到，你们为什么做不到呢？”

我：“啊，这句话我也常听到，而且我更加不知道该怎么回答，我只能说因为我能力比你差，而且我内心真的觉得自己能力差所以没有做到。”

A：“其实，当我这么说的时候，并不希望听到你这样的回答。我不希望你觉得是你能力差所以没有做到，这样下次还是会因为能力差所以做不到。我更希望你能够更加努力地去达到我的标准。”

从我与A的谈话中莫文获得的收获，远远比他想象的要多，因为他做梦都想不到，黄色老板居然会是这么想的！这个答案让他内心震动不已。在莫文傻掉的同时，我冒出新的想法，同样是黄色老板，是否会因为职业、地域、生活背景的差异，在处理问题上手法有异呢？如有差异，会在何处？于是我拨通了B和C的电话。

/ 老板B：不要解释，要解决 /

我："B，当下属犯了低级错误，你会怎么做？"

B："这个问题很复杂，因为我现在比以前进步了。我是回答以前的做法还是现在的做法呢？"

我："都回答。都是宝贵资料。"

B："以前我会直接发火，而且火很大，我最不能容忍低级错误。"

我："现在呢？"

B："现在，学了性格色彩的课程后，我会从对方角度来考虑，是否他确实真的不知道该怎么做，帮他把几个错误的可能性挑出来，让他来告诉我，他下次应该怎么做。"

我："你以前没修炼的时候，如果下属犯了低级错误，而且你发了很大的火，在那个情况下，下属当场对你怎么做才会比较好地解决状况呢？"

B："首先，最好是不要解释，因为我已经发火了，解释只会让我觉得他在找借口，最好什么都别说，等我发完了火以后，告诉我如何把事情做好。现在就不一样了，比方我有个绿色的助理，就常犯低级错误，而且我发现，当我告诉他这件事情，他就把这件事情做好了，但另外一件事情，又做坏了。而在我看来，这两件事情其实是完全一样的类型，他犯这样的低级错误是我不能理解的。现在我帮他制订了一个二十一天的计划，帮他加强主动性和思考能力，规定他必须在每天的几点到几点思考，写报告给我，每天都要添加一些新的思考成果。最开始他写得很少，到现在他已经写出来很多我想要看到的东西，我感觉他主动思考的意识加强了，这也算是我对绿色的一个办法。”

/ 老板C：你必须先听我骂完 /

我：“C，当下属犯了低级错误，你会怎么做？”

C：“这要看是什么样的错误，也要看是第几次犯。如果第一次的话我会告诉他，如果他不会我教他做；第二次我会警告他；第三次还犯的话我就不说了，开除。”

我：“一旦下属重复犯了低级错误你就一定会开除他吗？”

C：“嗯，这也要看有没有造成严重后果。比方我们公司要求发邮件要有签名档，这个很简单吧，但有人就是忘了加签名档，或者写错，而且多次这样，但我不会因此而开除他，不过只要他犯，我看到一次就骂他一次狗血淋头。”

我：“看来你特别不能容忍低级错误。”

C：“是的，我经常说，不犯错误等于不做事，如果是技术性的复杂的错误，我反而会觉得那是宝贵的经验，但低级错误是没有价值的，他们从这种错误中学不到东西。”

我：“如果下属犯了低级错误你发火了，下属用怎样的方式来回应和表达，你会接受？”

C：“其实在那种状态下，不存在表达方式的问题，因为我已经发火了，任何解释都没用，说任何话都会让我更加情绪化，更加不能接受。最好是别说，也不用说什么，就听着，等我发完火了，你去把事情搞定，下次不再犯就行了。”

我：“谢谢，你这样说我更加清晰地了解了。其实我自己也有犯低级错误的经历，比如容易忘记事情，而对方可能会说‘你为什么会忘？’这时我真的不能回答。”

C：“其实黄色老板自己也会犯低级错误，他能够坐到这个位置，一定是他自己很清楚有些错误是不能犯的，因为他没有蓝色天生的那种仔细和缜密，所以他一定会强迫自己重复检查来达到一个很高的标准。所以他会有种心态觉得说，我都能不忘记，我都能不犯低级错误，你怎么会做不到呢？你会忘记说明你没有用心，是在敷衍我，根本没有认真做。”

我：“太感谢你了，虽然以前也从理论上了解过，但你这样说，我对黄色老板的内心能够更加清晰地感受到了。”

挂掉电话以后，我问莫文想说什么。

他说：“过去这些年，每当我犯错老板发火时，我不仅没有解决问题，反而一直在激怒我的老板。原来，这不是他的问题，而是我用的方法不对。”

其实黄色老板并不可怕，他发火有他的目的和理由，只是作为其他颜色的下属，不理解黄色老板在想什么，无法走进黄色老板的内心。总而言之，当自己犯错时，面对骂娘的黄色老板，需要做的和不该做的事情分别如下：

要做的事情：

- ○ 快速检视自身，想一下自己错在哪儿，会造成怎样的后果，如何避免下次错误的发生。
- ○ 控制情绪，保持平和的态度，虚心聆听老板在说什么。
- ○ 当老板提出质问“为什么会犯这种低级错误”时，告诉老板你已经认识到了自己错在哪里。
- ○ 等老板火头过去后，要提出一个解决问题的方案并确保下次不会再犯同样的错误。

不要做的事情：

- ○ 不停地道歉，却提不出任何有效的方案。
- ○ 像哑巴和木头人一样没有任何反应。
- ○ 忍不住开始解释，话越多，漏洞越多。
- ○ 被老板质问后愣在那里，不知所措。

如何面谈才能留住要离职的重要员工？

虽然经过十几年的发展，性格色彩的理论逐渐体系化、成熟化，但我仍旧更愿称性格色彩是一种工具。这有两个原因：

其一，性格色彩是在长期给企业做管理培训和个人培训中发展出来的一柄利器。对于企业而言，满足简单、实用、易操作、便于普及这四个需求最为重要，过于理论化和学术化，一味走阳春白雪的路数，并不利于在组织内部建立起高效的共同语言。

其二，理论需要钻，工具需要用，工具的好坏与使用者的娴熟度有关，不同使用者在经验教训上的分享会极大地促进所有人功力的提升。

林是我在福州的学员，创办并经营着一家工程公司，他性格直接刚硬，擅长快刀斩乱麻。早在五年前，林就学习了性格色彩，他在课堂中无比兴奋，但回到家中遇见问题时，因为自己过去一直擅用的那套快刀，解决问题还算管用，所以，课上强调“对不同的人要用不同的刀”，他总是左耳进右耳出。他心里其实想的是，出不同的刀实在麻烦，远不如用我自己那套刀法省事。直到有一天，碰到一桩棘手的离职面谈，用快刀无法解决问题，用了性格色彩，换了一种刀法后，反而达成了他想要的结果。

下面这个故事记录了他在完成性格色彩授证讲师课程后，如何运用性格色彩成功地面谈得以留住雇员的过程。瞬间顿悟，并非一个套路可以打遍天下，转变刀路、换个刀法更可以海阔天空。

公司商务部的要职员工，在试用期结束后拒绝与公司续签，并提出离职。这个姑娘的岗位当初在招聘时就很不容易，入职后姑娘也已参加过一系列的完整培训，并且顺畅地融入了公司核心团队，一旦离开，再招一个必定耗时耗力，而且公司正有重要项目上马，故收到离职信后，林随即进行谈话加以挽留，并试着了解对方离职的真正原因。

谈话开始，员工告知林原因有三：一，过往数月试用期，多数不能按时下班，加班太多太累，不是自己想要的。二，未来工资应比正式合同约定的要高一千，公司不答应，故要离职。三，与好友畅谈后，觉得目前的状态不开心，想放弃。

林了解完情况后，估摸自己基本掌控了局面，问："除了这三个原因外，还有其他原因吗？"

“没有。”

“那如果我告诉你过往的三个月只是因为项目正好扎堆招标，并非常态，且通常公司还有补休制度，你还对第一条有意见吗？”员工沉默不语。

林接着问：“好，那第一条我们暂时放在一边。由于你不是我亲自招聘的，我想了解下第二条究竟是怎么回事？”

员工回答：“其实这一条是我没同意签合同的起因，当时行政部招我时，说转正后就是我现在的收入要求，现在签合同时却降了一千，我觉得不能接受。”

林并不了解行政部是如何答应的，但感觉员工的说法在理，公司不能言而无信，于是说：“你的说法我感觉是合适的，不过我得多了解下情况，咱们再讨论好吗？但你确实在过去的三个月里表现不错，在不违反公司薪酬框架的情况下，我不觉得多一千是个问题，请相信我，让我来解决好吗？”

员工点头说好。

第三个问题是开不开心。林想这个问题她既然求助过朋友，应是被影响的结果。思考了下，问：“你能告诉我，在公司的时间，开心的有哪些？不开心的又有哪些？”

员工回答：“不开心的讲过了，主要是加班太累，还有就是工资问题，确实让我产生了离开的想法，尽管我现在也知道没有实质问题，但我这个人就是这样，一旦产生了离开的想法，就想把它实现，我也不知道为什么会这样。”她低着头，面带思索，手指撮着衣角，反复强调自己就是这样的人。

林一边听，一边快速在纸上将开心和不开心做着罗列笔记。“开心的事，你能帮我罗列一下吗？”林问。“有的。比如，目前的工作能展示自我；公司的团队气氛我觉得很融洽；能学到东西；公司也很重视我，让我在重要的岗位工作；也有业绩的收益空间，等等，还是有开心的地方。”

沟通到这里，林觉得自己应该可以说服她留下了，况且自己还要接待客户，时间紧张，于是快刀出手，直接说：“那你看看开心和不开心的比较表，还想离开吗？”问这句话时，林觉得局势尽在掌握中，自己完全可以解决这个问题了，就满心欢喜地等待答复。没想到，员工并没有马上回应，而是沉默不语。

由于时间关系，林决定让其再想想看，次日再回复。没想到员工却说，她还是想要离开。临走时，她告诉林，其实当林开始画开心、不开心的对比表时，她就已经知道林要做什么了。那一刻，林有强烈的沮丧感和挫败感，觉得自己这么努力和严谨地与她沟通，怎么就不能解决问题呢？当晚，林反复思考，复盘过程，思索自己失败的原因，不得其解。

两天后，林想到性格色彩课上的“钻石法则”——首先判断对方的性格，然后用适合这种性格的方式去处理问题。对于红色性格的人，影响其做决定的通常都是情绪。对红色性格的人出现的问题，首先应该解决其情绪，再解决事情。而他在全过程中，由于自己的黄色性格，只是使用了快刀刀法。一直以来，他都不太会关注他人感受，只是急于事情的解决，虽然自己在说话的态度上是温柔的，但对于对方的情绪却始终没有具体、对应地进行安抚。

于是，林做出了一个决定，请这个女孩一起吃顿饭。

落座后，林说：“虽然你进公司才短短三个月，但我们大家都很喜欢你和你做的事，觉得你很认真、负责和到位，几个项目也先后中标，真的很棒！”

此时，可能是表扬的缘故，员工看上去很欣喜，嘴角上扬。接着林说：“其实，我们都觉得你很不错，大家真的舍不得你走，希望你能留下。”

对面的员工眼角微微泛红，“可我话都已经说出口了，这样大家会不会因为我说了不做而取笑我，这样我觉得挺没面子的。”

听到这句话，林感觉员工的立场有所松动，马上接着说：“怎么会呢？我和分管的副总都很喜欢你，大家听说你走，和你搭档的销售都说下周还要你帮忙，一起做方案和标书，留你都还来不及，大家怎么会去笑你呢？”这些话说出时，可以感觉员工的心态发生了变化，不那么坚决了，似乎沉浸在过去与同事相处融洽的回忆中。

看到此情此景，林觉得这位红色员工的情绪问题已有所好转，接着说：“快年底了，一般公司都不会在这个时候招重要岗位的人，你现在离职，至少先丢了眼前一个有机会的岗位。而且下一个工作，即使没有工资的问题，也许还会有其他问题，例如不能发挥自我、老板对你不器重等等很多不确定因素，而且你都得重新开始适应，除非你能找到一个没有问题的完美公司。总之，下一个真的不一定就比现在的好，你觉得呢？”

员工点点头，说是。

接着林又说：“我问了HR，当时的原话是说公司正式的成熟商务岗位是这个工资标准，但不代表新的正式员工就能立刻享受这个标准，也许你把这句话当成是针对你的标准，是这样吗？对于这一点，我觉得抱歉，HR没有帮助你理解到位，希望你能考虑其他员工的感受，不然老员工会觉得不公平。如果都因此走了，公司还是公司吗？不过，显然，不久之后，你还是有机会涨工资的，相信我！”

当晚，她回复，决定留下。

事后，林总结前次失败后次成功的差别在于：之前，太急于解决问题，先分析事情，忽略了对方感受。后一次则是针对红色性格重情感、关注自己的情绪来作为突破口，先关注情感，获得对方的情绪接纳后，及时引入正面信息，铺陈事理，助其看到结果，最终达成目标。简单来讲，处理红色性格职员的问题，要先处理情绪，再解决问题！

这条法则的核心原理其实很简单，因为对于一个红色性格的人而言，他们内心的声音是：“如果你不关心我的情绪，我怎么能指望你会关心我的问题呢？”而黄色性格内心的声音刚好相反：“正是因为我关心你，所以我要帮你解决你的问题，帮你解决掉问题是我对你表示关心的最佳方式。”

现在，你看到了，不同性格的人对同一个问题的看法完全不同，无所谓对错，只是大家需求的不同。但是，还是那句话，当你和别人相处的时候，要把别人需要的给别人，而不是把你自己需要的给别人。这，就是FPA性格色彩“钻石法则”的奥秘。

与蓝色性格职场相处的要诀

有这样一群人，他们不多话，衣着精致，低调而不张扬，不喜欢在幕前展现自己，与人交往有节制，保持适度的距离，看上去你似乎很难走进他们的内心深处。他们若居高位，便如诸葛亮，熟知每件事情的流程和细节，运筹帷幄，尽在掌握；他们若是螺钉，便如卖油翁，日复一日、持久不懈地往一个铜钱孔中倒油，有过硬的值得信赖的技术活儿。

这类人在性格色彩中，我们称为蓝色性格。他们不善于用热情和语言与人迅速打成一片，而更愿意通过默默地做事和用时间来影响对方，他们是品质的把控者和谨言的笃行者，轻易不离开自己选择的公司和团队，讲求忠诚，也同样希望对方忠诚。但假如在忠诚和信任方面出现危机，或是同伴做出让他忍无可忍的事，他会有自己的处理方式，只是你未必清楚他们那么做的背后动机。

/ 当老板不兑现承诺时 /

文竹，咨询公司的高级顾问，老板在年初招她进来时许诺，如团队业绩超标，会拿出不少作为她个人的奖励。到了年终，业绩漂亮地达成，老板给她评估打分，只打了“中”，实际发放的奖金，只略高于一个月的工资。换了红色性格，早已大失所望，愤恨不平，但文竹想先看看是什么原因，到底是我个人的问题还是老板的问题。

经过对自己全年工作的详细回顾，她发现自己在年中的一个几十万的小项目执行时，下属曾有过纰漏，团队里其他人认为问题不大，建议她先交活儿，再找机会修改，但她执意不肯，导致工期延误，客户略有不满。于是文竹反省自身，第二年，更加努力，没出一个错儿，到了年终考评，居然还是“中”。文竹意识到，老板可能已经忘记了招她进公司时的承诺，她第一反应很想找老板去谈，到底是什么原因，倒并非是想改变老板的想法，而是要弄清原因，不想死得不明不白。但转念一想，说了也没用，结果并不会改变。此后，她表面照常工作，但暗地里行动，找到新公司后，提出辞呈，老板做出一切挽留的举措，丝毫没用，文竹也没说出辞职的真正理由。反观内心，她不是不能原谅老板的失误，而是深知自己的心理阴影很难消除，一定会影响到工作的情绪和积极性。

/ 当离开的下属要吃回头草时 /

多年前，在给百丽集团高管内训时，我曾问一位蓝色的地区老大："如果某位很有才华的员工离开你的公司，跳槽去了另一家。一年后，他想再回来你这里，你会怎么做？"我当时猜测的答案，蓝色性格以忠诚为人生最高品质，怎会接受一个离开又回来的"叛徒"？估计多半不会接受。没想到蓝色给出的答案比我想象中复杂得多：

第一，我会看当初此人是因为什么离开公司的。是因为公司管理的问题，还是对他个人发展有限制，我需要看是否能接受他当初离开的理由。

第二，看他离开公司的时候以及之后有没有做过对公司不利的事情。

第三，他这一年的工作经历是否与目前工作相关，现在他是否还具备为公司工作的实力。

第四，我会问他，现在公司和一年前有什么差别，我会观察他是否真心诚意愿意回来，并且未来能够稳定地工作。

第五，也是最重要的，我会看此人的品性，是否诚实可靠，足以信任。

原来，蓝色不轻易相信人，也不会轻易全盘否定人，这些回答远比我想象的蓝色内心复杂得多。

无巧不成书，没多久，我公司有一个重要项目，整个团队都把近期的主要精力放在这上面，突然项目负责人之一说要请长假，因为他家里出了事情，我很郁闷，于是问另一位蓝色同行："如果这件事发生在你身上，你会准假吗？"蓝色皱眉思索半天，提了若干问题，几乎连我下属的小学成绩都问到了，最后说："我会问此人家里发生了什么事情，和他讨论看有什么办法可以协助解决，尽量不影响工作。如果真的非常危急，我会同意，请他做好交接工作，并请他尽早回来。如果此人是借口，我也会同意，同样请他做好交接工作，但之后我肯定不会让他回来。"

原来蓝色表面不动声色，内里却早已有了主意，这样你就可以理解为何蓝色性格在与人相处时，要有那么多的试探期和那么长的考察期了。

/ 当搭档侵犯自己的底线时 /

红色性格很在意工作过程的快乐和有趣，与同事相处得轻松愉悦，一个情绪化的红色，你很容易从表面看到所有的心理变化；与之不同的是，蓝色性格擅长忍耐情绪，即使内心低落，也一如既往地照章办事。

蓝色性格的申在一家大企业勤恳工作二十年，做事细心谨慎，做人进退得宜，在公司里不突出，却不可少。申与A共同负责行政，合作已七年。A在公司里人缘很差，嘴碎刻薄喜欢损人，经常搞得同事下不来台，由于太喜欢搬弄是非，渐渐无人搭理。五年前，公司行政人员分组，领导把申和A分到了一个组，因为A太不招人待见，集体活动时经常没人愿搭理，而她还不自知，喜欢搭话。申做事滴水不漏、四平八稳，对每个同事都公平对待，不厚此薄彼，相比之下，似乎A和申还能有两句话说。

受到集体冷落的A，越发觉得申对自己最好，对申愈发热火。申有时内心也觉得A做事很过分，但为了恪守自己的做事准则，在工作中还是尽量对A面面俱到，不过分亲近也不过分疏远。如此不冷不热、不咸不淡的关系维持了五年，在领导和同事心目中，已然认为申和A是莫逆之交，而申明知被误解，却始终以“清者自清”要求自己。

没多久，公司部门重组，申所在的部门被拆分成四个小部门，领导将她和A二人分去一个新组建的部门，部门只有她们两人。申得知后，彻夜难眠。过去，即使A常闹些事出来，搅扰她的宁静，但毕竟部门里不止她们两个人，她可设法转移A的注意力，或自己找机会走开，但现在领导要把她和A分到新部门，需要自己独自面对A的折腾，这是她无法承受的。但假如她提出不愿和A分到一起，又担心会引起各种各样的问题。经过数个不眠之夜的自我斗争，申最终决定写封信给领导，以客观的话语陈述这五年来发生的事情，并以婉转的口吻表示，将自己和A分在一起，对两人来说都并非最好。

纵观申面对“烦人同事”的处理模式，我们会发现，蓝色可以在工作中长时间地忍耐自己不喜欢的人和事，因为他们会为“大局”做最详尽的思虑和打算，也会以最严格的标准来要求自己，更甚于要求那些与他们无关的人。假如你身边有一位蓝色同事，请务必以最大的细心和敏感度来体察他们内心的真实想法与需要，否则，可能会给自己带来无法逆转的损失。

文与道

佛教人生八苦与性格色彩

佛教中，人生八苦乃：生苦、老苦、病苦、死苦、爱别离苦、怨憎会苦、求不得苦、五阴炽盛苦。

这八苦当中，“生苦、老苦、病苦、死苦”可称为阴苦；“爱别离苦、怨憎会苦、求不得苦、五阴炽盛苦”可称为阳苦。“阴苦”又为身苦；“阳苦”又为心苦。身苦，本文不做分析，此文仅分析人类心灵中的四种痛苦。

“爱别离苦、怨憎会苦、求不得苦、五阴炽盛苦”意味深长。总体来说，四种性格色彩中，除了绿色性格，人人皆为此所苦，但苦的深度和持久度却各有不同。

/ 爱别离苦 /

“月有阴晴圆缺，人有悲欢离合。”天下无不散的筵席，最终仍要分离，因有所挚爱，别离之际，必然产生苦恼；恩爱情深者，别离之苦更切。最为之苦的当属红色性格。

红色性格心如宝玉，愿天下好花常开，好景常在，筵席永不散，美好的人儿永远不分离。可怜的红色性格，每次跟所爱别离都痛不欲生、死去活来，但下次再遇到可爱的，又依旧毫不迟疑地不管不顾地动情，疯狂地投入。他们不像很多蓝色性格的想法，一早就知道有聚必有散——既然和你的这段情感来了迟早要走，那还不如不来，既然聚了反正要散，不如不聚。

/ 怨憎会苦 /

“冤家路窄”，不想见面的人，偏偏相遇。现代社会天涯若比邻，无论行走何处都可能会遇见冤家，难免心有千千结，不得自在，而产生怨憎会苦。佛法云“冤家宜解不宜结”“未成佛道先结人缘”，平时若能广结善缘，不论到哪里，都会有贵人相助，左右逢源；如结恶缘，日后见面不但难处，甚至会产生种种烦恼。最难以忍受此苦的或许是蓝色性格。

蓝色性格一生都在跟缺点和错误做斗争，做梦都会梦到遗憾和糟糕的事情。这里的“怨憎”或是针对某个伤害了他的人，或是某个无法弥补的痛苦和遗憾，甚至是对自己的怨憎。所谓此怨无计可消除，才下眉头，却上心头。

/ 求不得苦 /

人生在世，对“色、声、香、味、触”五尘，或“财、色、名、食、睡”五欲，往往有所希求，不易知足，所谓“天高不算高，人心比天高”。世间之事，常常事与愿违，求而不得，则心生烦恼。“求不得”是苦；求到了，也不见得是乐。故经云：“有求皆苦，无求乃乐。”儒家亦云：“人到无求品自高。”若能知足常乐，心无所求，才能达到真正的快乐。这里问题最大的就是黄色性格。

面对极致诱惑，蓝色和绿色都选择“不求”，红色虽然也会短暂爆发式地猛烈追求一下，但万一不得，他就安慰自己道：“反正我努力过了，有过程也不错呀。”唯有黄色，他们以目标和结果为导向，无比执着，不达目标誓不罢休，求了就必须得到，没有结果的努力对他们来说绝对是一场悲剧。而黄色没有想到，有些时候，这种势在必得的心态反而将他自己逼进死胡同，成为他人生最大的软肋。

/ 五阴炽盛苦 /

人由生理与心理组合而成。在生理上，色身由地、水、火、风四大要素组成；心理上，有色、受、想、行、识。色、受、想、行、识，合称五阴。五阴炽盛，即是“色、受、想、行、识”这五阴烦恼之火，在心中焚烧，使人感到心中焦躁、苦闷等难以形容的痛苦。此外，生理与心理的转化中，也会产生五阴炽盛的烦恼。例如处于青春期的小子，身体正在发育，思想在转变，时常会感觉生理不适，内心空虚烦恼，始终无法安住，此即五阴炽盛苦。而此苦经常出现在红、蓝、黄三种性格之中，而少见于平静的绿色性格。

若懂得调身、调心，诵经、持咒、静坐，即可摆脱五阴炽盛的困扰。

故此，综上所述，四大阳苦之中，“爱别离苦”是红色，“怨憎会苦”是蓝色，“求不得苦”是黄色，“五阴炽盛苦”是红、蓝、黄三色都有可能。四种性格色彩当中，只有绿色性格的苦很少，刚好应验了绿色性格天性当中最重要的动机——平静。记住，真正的绿色不是追求平静的人，他们是天性平静的人，大多数的痛苦都被红色、蓝色和黄色席卷一空。所以佛教是怎么劝说众生的呢?

想当初，释迦牟尼出家就是为了寻求解脱生老病死等痛苦之道。佛教教义的基本内容也就是说世间的苦、苦的原因、苦的消灭、灭苦的方法。直白一些，灭苦的方法对众生而言只有一个，就是，无论你现在是什么性格，努力向绿色性格的方向修炼，像绿色那样心态平和、不强求、善接纳，对任何现象都平静地接受和理解。关于这部分的内容，在未来性格色彩的专业四大功力之《修炼》中会完整呈现。

《孙子兵法》与性格色彩

《孙子兵法——九变篇》曰："故将有五危：必死，可杀也；必生，可虏也；忿速，可侮也；廉洁，可辱也；爱民，可烦也。凡此五者，将之过也，用兵之灾也。覆军杀将，必以五危，不可不察也。"这段话的意思就是说：将帅有五种性格上的弱点，只知拼命死战的心理，会被杀死；有贪生怕死的心理，会被俘虏；性情急躁的，会因为经不起刺激，从而失去理智；爱好廉洁的名声，会不能忍受羞辱；爱护民众，并且竭尽全力保护民众的，会导致过多的烦劳。

所以这五种心理弱点，是将领的过错，也是用兵的灾难。军队覆没，将领阵亡，必是由这五种性格弱点引起的，不能不仔细慎重。

《孙子兵法》讲到的五种性格弱点，其中"贪生怕死"是人的共性，其余四种正好对应红、蓝、黄、绿四种性格，下面我们一一来看，在古代的军事战争中，这四种性格是如何因为他们的性格弱点付出代价的，每种性格我都列举其中一个典型代表。

/ 急性子，容易失去理智——红色 /

红色性格的张飞脾气暴躁，在阆中镇守，知关羽被害，哭得血泪沾衣襟。手下的将领们以酒劝解，但红色性格的张飞酒醉后怒气更大，只要有过失的士兵必定被鞭打，以致士兵多有被打死的。刘备知道后劝他说，你如果打他们还让他们跟随你，早晚你要被祸害。有一天，张飞下令军中三日内必须置办完白旗白甲挂孝伐吴。次日，两个手下向张飞报告说时间不够，恳请宽限，激得张飞大怒。打完二人后，逼迫他们明天搞不定就杀头。这二人一商量，这样看来必死无疑，还不如先下手为强。于是，在张飞喝得大醉的当夜，就把张飞杀了，拿着张飞的首级逃到东吴。亲爱的张飞就是这样不明不白地死去的。

/ 过于洁身自好，受不了羞辱——蓝色 /

蓝色性格的范增是项羽的主要谋士，项羽尊其为“亚父”。范增曾屡劝项羽杀掉刘邦，项羽不听，反中刘邦的反间计，削其权力，范增愤而离去，病死于途中。刘邦尝言：“项羽有一范增而不能用，此其所以为我擒也。”在鸿门宴上，好用奇计的范增，定下暗杀之计，要把刘邦杀掉以绝后患。在祝酒中，范增多次暗示项羽，要项羽下决心趁此机会杀掉刘邦。可项羽讲义气不忍下毒手。鸿门宴暗杀未遂，范增勃然大怒，“竖子不足与谋。夺项王天下者，必沛公也”。后来刘邦被困荥阳，向项羽请和，项羽欲同意，范增再次劝杀之，于是项羽急攻荥阳。但被刘邦手下用了离间计后，项羽以为范增勾结汉军，削其兵权，范增大怒而告老还乡，项羽同意了。就这样，受不了羞辱和不被信任的范增痛声对项羽说：“天下事基本已定，您好自为之，请赐我还乡。”结果还没回到家中，半路上就气得背疽发作，死在路上。

/ 拼命死战，目标感过于强烈——黄色 /

黄色性格的李元霸作为隋唐第一条好汉，在当时几乎没人能在他马前走上三个回合，可以说打遍天下无敌手。《说唐》中李元霸最让人佩服的一点就是他是个“永动机”，几乎不存在能量消耗。他不像排在第二的宇文成都，后者在力气消耗过大时竟会抵挡不住排名其后的裴元庆；李元霸却可只凭匹马双锤将十八路反王的所有大将打到俯首臣服。他杀人比切豆腐更容易，如此一个盖世霸王，怎么会死呢?

原来他大胜回朝过潼关时，雷光闪烁，霹雳交加，大雨倾盆而降。那雷声只在李元霸头上响，惹得他大怒，把锤指天大叫：“天，你为何这般可恶，照我头上啊？”就把锤往空中一撩，抬头一看，那四百斤重的锤坠落下来，噗的一声，正中李元霸脸上，一代霸王就此烟消云散。也许只有这个荒诞的结局，才能配得上无与伦比的霸王？这个造下无数杀孽的黄色性格，喜欢与人斗、与地斗、与天斗，正所谓“黄色的一生是战斗的一生”，然而过于执着于死战，最后却死于自己手下。

/ 不分轻重，对所有民众都操心爱护——绿色 /

代表绿色性格的是刘表。但凡研读过三国历史者，无不对刘表的懦弱无能大骂失望。刘表听不进谋士对其争夺天下的劝谏，一再延误时机，毫无进取之意。因为害怕发生大的冲突，为免造成老百姓流离失所，生灵涂炭，刘表一直采取拥兵自重的政策。然而在天下大乱之际，刘表坐拥荆州，民殷州富，统领甲士数十万，加之长江天险，成为诸侯中一支举足轻重的力量。但由于绿色性格的刘表碌碌无为，错失争霸天下的良机而成为俎上鱼肉。直到曹、刘、孙三家壮大，此时江山已无这荆州牧的份儿了，刘表苦心经营数十年的荆州，最终也只是为他人作嫁衣裳而已。刘表的懦弱无能，表面上是对所有民众的操心爱护，其实也是害怕“枪打出头鸟”，不敢越雷池半步。结果缩头鸟还是逃不掉州破家亡的命运，荆州数易其主，不消等曹操动手，自家就呼啦啦大厦已倾。

所以，《孙子兵法》的伟大在于，在古代早就提出了将帅只有克服红、蓝、黄、绿四种性格色彩的弱点，才能达到个性非凡的境界，从而成为百战不殆的胜者。这再次说明了个性修炼的重要性，对于成为任何领域的终极成功者，个性修炼都有重大意义。

老子与性格色彩

FPA性格色彩学发展至今，从深度而言，已经发展并奠定了“洞见”“洞察”“修炼”和“影响”这四大专业。

如果有人问，性格色彩与其他性格分类方法的区别是什么？答：性格色彩是“动机论”而非“行为论”，关注内心而非表面。

如果有人问，为何你要称之为性格色彩学，“学”中有什么？答：学的广度可覆盖各个领域的运用，学的深度则有洞见、洞察、修炼、影响四大板块。按照大白话，做如下理解。

“洞见”：看清自己。如何发现真正的自我，就是彻底明白“我是谁”这个困扰了无数人的问题。

“洞察”：读懂别人。当他人身上四种不同的性格特点都很明显且容易混淆时，如何区分他们真正的性格和表面的假象，也就是“读心术”。

“修炼”：做得更好。是指如何改掉自己的缺点，拓展自己本身缺少的力量，让自己能做到四色的平衡，从而让自己更幸福快乐。

“影响”：如何相处。也就是性格色彩强调的人际关系的“钻石法则”，怎样增强自己的影响力，用不同的方式去搞定不同性格的人，官方语言就是如何与任何人都能和谐友好地相处。

这四个板块涵盖了你几乎能想到问我的所有专业问题，所有问题几乎全部都可以归类到这四大研究方向中。

因我好读武侠小说，于是假设“性格色彩学”是门武功绝学，把四个板块比喻为四门不同的武功。在这四门武功中，它们的规律如下：

“洞见”是最基本的。因为所有人学习和了解性格色彩首先都会思考我的性格到底是什么，搞清楚自己永远是人一生的功课。

“洞察”是最常用的。举凡色友或读者，平时大家聚会，总是第一句话劈头就问：“你是什么颜色啊？”这已成为了众人的一种共同语言。

“影响”是最实用的。因为大多数人最感兴趣的都是怎样搞定那些很麻烦或自己在意的人，那些人可能囊括了从自己的老板、下属、客户、伴侣到孩子的所有人。

“修炼”是最困难的。当然也是最痛苦的。但是如果我们不改变自己的缺点，我们的人生就会付出代价，直到我们无力再付出为止，所以坊间才有那么多的书教你该如何这样如何那样。

这四门武功既独立又相互联结，密不可分。更加有趣的是刚好与《老子》三十三章所述一一对应，老子云："知人者智，自知者明，胜人有力，自胜者强。"这四句话到底与性格色彩学有何关联呢？拆分开来看，奥妙尽在其中。

"洞察"＝知人者智；

"洞见"＝自知者明；

"影响"＝胜人有力；

"修炼"＝自胜者强。

连在一起，性格色彩可以看成是教人如何"知人者智，自知者明，胜人有力，自胜者强"的一门大学问，并且每门功夫都能单独分开另起炉灶，衍生出来四门不同的学问，并且门门都可做到极致中的极致！

按照我们培训课程的分类，不同培训课程的功能不同。基础培训专攻"洞见＋洞察"的功夫，大多数人可以通过这个课程看清自己，理解他人；而进阶培训主要承担“修炼＋影响”的使命，同时兼顾了“高级洞见＋高级洞察”的功能，因为对于那些后天受到强大影响的个体而言，要迅速判别真正的性格色彩并不容易。

古人历来强调知行合一，“洞见＋洞察”这两者本质上都属于“知”，而“修炼＋影响”都属于“行”。武林高手都讲究内外兼修，“洞见＋修炼”都面向自己，走内功；“洞察＋影响”都面向别人，走外功。以知行合一而言，当您看完《色眼识人》《色眼再识人》这两本书，您已有了“知”但还没“行”；以内外兼修而言，您的“内”“外”功都已各学了一半。

上面这些内容，也许您现在看得有些绕，但日后便知，以上就是性格色彩学核心中的核心，本质中的本质。至于您可能关心的性格色彩婚恋、性格色彩子女教育、性格色彩领导力、性格色彩团队建设以及无数热点话题，其实只不过是这四大功夫中的一小部分。

我想明白这个道理是在2008年年底的第六次讲师培训。那天我穿着一件破旧的绿毛衣，在虹桥路的一个老洋房的会议室中，一边手舞足蹈，一边任意遐想，那一整段话当时全部录下来了。说完，我对大家说，这一刻就是历史，时间必会验证此刻的伟大意义。

你的性格
适合学什么武功

“海边的爱情故事”是性格色彩进阶培训班上常用的开场话题，根据这一讨论，众人会发现如果要客观评价一个人，须由三部分构成：品德、能力和性格。这就好比你要评价一个武林中人，会从“武德、武功段位、武功路数”三方面去衡量。

三者之中，武德有好有坏（好比尹志平虽然玷污了小龙女，人神共愤，但比起赵志敬卖主求荣的人神共愤，又显得没那么卑劣），武功段位有高有低（同样是气宗，岳不群的功力显然远超他夫人宁中则，但品德实在不可同日而语），武功路数彼此只有差异之别，并没有哪种性格特别优于其他性格（所谓武当阴柔，少林阳刚，即是如此）。

/ 每种性格都有他们天性的力量和局限 /

洪七公教黄蓉打狗棒法而不传授郭靖，当初早有此先见之明。盖因小郭绿色性格的天性厚重、沉稳而不灵活，那“打狗棒法”之精妙，被黄蓉这等红色性格学来自然灵活得多；而诸如“亢龙有悔”这样只需力大憨厚地向前一推就可解决问题的功法，却倒像是为郭靖量身打造，自然“降龙十八掌”最适合郭靖。绿色性格的郭靖最不懂投机取巧，于打狗棒法的多变和灵活实在吃力，而这恰恰是黄蓉所擅长的。

每种性格都有他们天性的擅长之处和局限之处。例如红色和黄色是两个主动并且需要自由活动的性格，他们需要挑战也需要改变。要这两种性格窝在桌前，工作的内容千古不更，没有刺激变化也没有挑战目标就足以使他们忍无可忍，而对于绿色来讲，慢步调和一成不变却是乐在其中的。当蓝色一想到每天都要会见陌生人，尝试推销东西，可能会心生胆怯；而这份前景却会使红色跃跃欲试，但当面对蓝色擅长的表格数字和逻辑推理时，很多红色开始头皮发麻。造物主的精妙和神圣正是在于将一个力量赋予你的同时，势必要把另一个掣肘的因素潜伏下来，在你肆意挥霍自己的天性优势和潜能时，让你付出相应的代价，同时让你从截然相反的另一群人当中找到你久违的动力。

/ 每种性格都有天性中最满意的事业 /

在做大学生职业生涯规划指导的演讲时，我一直强调：你越了解你的天赋潜能和局限，就越可以在面对人生重要选择时保持清醒的头脑。一个大学生努力选修课程以便未来能够考取律师执照，如果是因为他非常合适和喜爱这个职业，这值得恭喜；这完全不同于选择的原因仅仅是“律师很体面”，而事实上他本人无比痛恨天天与法律条款为伍。花个几年时间从事不适合自己的职业，跟一连忍受四十年的痛苦是两回事。有多少人念大学时选择了他们完全不适合的专业，只是因为父母的压力或误以为自己喜欢，他们会为此付出一生不快乐的代价。

所谓“戏法人人会变，各有巧妙不同”，变到高超之处，自然融会贯通，合四为一。即使你不博古不通今，也玩不来什么乾坤挪移或北冥神功。还是那句话，乔峰仅凭江湖人人都会用的“太祖长拳”就能打遍聚贤庄天下豪杰，这就已经告诉我们：练好自己的内功，把自己的优势发挥到极限，避免自己的软肋，就足以成为一位成功者。

乐如其人
——不同性格的音乐家与音乐

文如其人，从文字中可推敲出作者的性格；功如其人，“兰花拂穴手”这样好看又好用的功夫自然产自黄药师这样追求完美的清高之士，而欧阳峰这样霸气纵横不讲求形式的实用主义者却直接用蛤蟆功横行武林。音乐也如出一辙，音乐家性格不同，音乐风格也不同，听音即可识人。好比江湖人称，莫扎特的音乐如果演奏不好，就听不出是莫扎特；而贝多芬的音乐，不管演奏者水平高低，都能听得出是贝多芬。究其根源，盖因贝多芬的音乐充满阳刚，给人震撼，到死都是一个史泰龙的形象，这与他本人不断与命运抗争且发誓“就是聋子也要作曲到底”的黄色性格有关。这种性格从头到尾都相信人定胜天，衍生到贝氏音乐，一直散发着从绝望到斗争，到平静，再到凯旋欢乐的主题。

这样史诗般的英雄主义音乐，想来你我都不会拿它做睡前的催眠曲。就像我喜欢肖邦，却从不听肖邦入睡，乃因舒曼说过的一句话，“肖邦的音乐是藏在花丛中的一尊大炮”。早年我对舒曼的评价很是鄙夷，想肖公子的旋律优美，场景典雅，音乐中怎会有大炮的味道？直到理解了不同音乐家的性格，才对舒曼佩服得五体投地。

在舒曼本人的钢琴小品中，洋溢着奇异炽热的感情，充满了激情的旋律、新颖的和声和有力的节奏。舒曼本人也验证了浪漫乐派的种种特质，红色性格的他善于幻想，早期的音乐几乎摒弃所有旧制，他明告世人：形式是为创作而生。对红色的他来说，色调、暗示、联想比起创作赋格、回旋曲或奏鸣曲等更为重要。无论他的音乐如何变化，总是不脱红色那善变的气质、万花筒般的结构情绪、纯挚的性格反映以及强烈的主观意识，当之无愧为一位最不客观的浪漫派健将。

我曾一度怀疑浪漫派的作曲家是否都是红色性格，其实非也。譬如百姓们习惯将蓝色性格的肖邦也称为浪漫诗人，而肖邦的“浪漫”与舒曼的“浪漫”简直有天壤之别。肖邦更多的是骨子里的浪漫，以外形来看，肖邦本人在先天上特别适合演奏夜曲。他的蓝色性格中，那种不媚俗的优雅格调和高贵情操，使夜曲在甜美的旋律中能自然表现内在的深刻情感。在身体上，肖邦体弱多病，并不适合演奏高强度的宏伟作品，但其细腻的情感和珠玉般的音乐变化，却成就了夜曲的迷人气质。

从作品名称来看，肖邦一生都不喜欢用文学性的标题来注释作品，像《雨滴前奏曲》《革命练习曲》《小狗圆舞曲》这些名称，都是出版商后加的。像《G小调夜曲》，是肖邦读过《哈姆雷特》后，将内心的彷徨苦闷和忧心忡忡写进这首悲剧性的夜曲，他原来打算给这首夜曲加上“悲剧《哈姆雷特》观后感”的字句，后来却因不愿文学性的标题破坏了音乐的神秘感和想象力而放弃了。至于像《叙事曲》这种原本有文学性内容的作品，他也不加任何解说，而希望演奏者和欣赏者以纯音乐的方式来欣赏。而舒曼这样红色性格的作曲家却正与他相反，他们喜欢在自己歌曲集的标题上带有浓重的浪漫主义特征，如《幻想曲集》《蝴蝶》《浪漫曲集》和《童年情景》，生怕别人不知道他们的浪漫。这与红色的张扬及蓝色的低调，红色的直白及蓝色的含蓄密不可分。

正因为舒曼先生是乐于助人、极其热情的红色性格，所以他不像德彪西那样刻薄，他对同时代音乐家的热烈鼓吹和提携在音乐史上是有名的。他对“钢琴诗人”肖邦与“炫技大师”李斯特的音乐评论，更是让人怀疑他同时也是性格分析的大师。

舒曼对肖邦和李斯特的深刻理解，让我想起媒体推波助澜的李云迪和郎朗之争，虽然李郎再努力五十年，可能也难望肖李两位大人之项背，然而他们的确充分验证了演奏者性格不同，适合专攻的演奏曲目也不同。肖邦和李斯特在性格上的巨大差异，让他们在创作风格上也迥然不同。从肖邦、李斯特各自的精神血缘来看，肖邦继承了莫扎特的婉约，李斯特在精神上更有贝多芬的豪迈。

其一，在肖邦的钢琴曲中，每首乐曲都精心设计，无论是黑白键分配还是精致的装饰音与轻巧玲珑的快速走句都能体现。肖邦注重钢琴音色的发挥，因而他的作品诗意很浓，回味无穷；比起肖邦，李斯特偏向于用交响乐的构思来创作钢琴曲，和声排列与配器相关，正因此，李斯特可轻而易举地将其钢琴曲改编成交响乐，因而他的音乐有着红色性格热情奔放的气势，细腻度却明显不如肖邦。

其二，肖邦的作品表面上看似随意的优美旋律巧夺天工，浑然天成，其实都是经过肖邦仔细考虑和精心设计的，充满蓝色性格令人惊叹的逻辑性；然而，李斯特的作品到处流动着红色性格的自由主义，直指未来，他发展成熟的动机变形手法，逐渐成为后来浪漫主义和印象派音乐的标准之一。

其三，红色李斯特的钢琴练习曲历来被认为“煽情、优美但空洞”，是他最好听的音乐，和蓝色肖邦的练习曲不一样，李斯特的练习曲一直比较激烈，仿佛有无限的激情需要消耗。同样是技术艰深的练习曲，肖邦不仅有着华丽的技巧，而且其五光十色的音色表现在这里发挥得淋漓尽致，二十四首练习曲加上三首新练习曲几乎涵盖了所有的情感表现。而李斯特的《十二首超技练习曲》在技巧上已是钢琴演奏艺术的象牙塔尖，他的练习曲充满了八度的快速跑动以及各种超难度的大跳，炫技非凡。为了炫耀自己高超的钢琴技术，红色性格的李斯特还专门创制了音乐会练习曲这一音乐题材，而从艺术性和内容的深刻性来说，则明显弱于蓝色的肖邦。

多年以前，我对舒曼评价肖邦的那句话很是不解，后来才知道完整的全句是："要是俄国沙皇知道在肖邦的作品里包含对他多大威胁的话，他一定会禁止这些音乐的，肖邦的音乐是藏在花丛中的一尊大炮。"多年以后，才读懂蓝色性格的内心深处有种沉默的力量，即使安静，也是力量，像《越狱》里的Scofield一样的力量。

色到深处情更浓
——《色品红楼》推荐序

想当初，曹雪芹老爷子郁闷离世之时，绝没想到自己留下的“红楼”，不仅衍生为一门学问，开发后人智商，还滋养了众多粉丝的情感空间。虽然曹爷的粉丝山头林立，有时还相互对骂乃至拳脚相向，但架不住阵容巨大，后人辈出，因此曹公作为文坛泰斗所受的尊崇，无人能及。

原本我也想来凑这个热闹，可惜我个人对《色武侠》的兴趣更胜“红楼”，对我来说，性格色彩学向来不缺可圈可点的个案，古往今来的悲欢离合，随手拈来皆是小事一桩，但如果想物色一个最为博大精深的案例，非“红楼”莫属。2006年，《色眼识人》问世的那一刻，我梦想若谁能完成“红楼人物性格色彩”的工程，提供给红学爱好者一个史无前例的角度，从性格色彩去诠释“红楼”各人物的命运必然性；与此同时，也让普天下不了解《红楼梦》的读者，能通过喜闻乐见的性格分析方式开始萌生对红学的兴趣，善莫大焉！

此人便是方晓。

方晓有此胆识，源于自幼博览群书，且更酷爱“红楼”。爱“红楼”者古往今来，不胜枚举，当代近代，就有让“红楼”人物婀娜入画的戴敦邦，《张看红楼》的奇女子张爱玲，电视上煞有介事宣讲的也比比皆是。而《色品红楼》的独特之处在于读此书，每翻一页，如同方晓扯张凳子坐在你面前，跟你娓娓道来，邀你一起伤春悲秋，引领你体验红、蓝、黄、绿四色性格处世的人生哲学。如果你想做一个《红楼梦》的好读者，那么在读完《色品红楼》后再回头分析里面的人物，就会轻而易举地归纳出都是性格色彩惹的祸。

虽然接触性格色彩学之前，方晓便有了文青的潜质，但敢于用性格色彩学阐述“红楼”，这意味着方晓至少要有三个本钱：首先，要对《红楼梦》的细节鞭辟入里；其次，要深谙性格色彩学的真谛；第三，文字不能太理论太呆板。

前者，方晓幼功深厚，2002年开始被网友广泛流传的“史上最全红楼梦人物关系图”，正是方晓以“吴蓉生”的笔名传世的牛×之作，这让他在本书列举案例时不需思索案例的出处，只需斟酌用哪个最能说明问题。书中使用性格色彩学的地方比比皆是，不仅论据翔实，而且解析到位。比如这段，分析蓝色黛玉：

黛玉用情专一，自然也容不得情人用情不专。痴情和小性、信任和猜疑，本就是硬币的两面，宝玉的招蜂惹蝶更加剧了这种敏感和猜忌。在这种敏感和猜忌的高度情绪化压力下，蓝色性格很容易陷入低落、自怜和抑郁中。发之于外，林妹妹第一动作就是耍小性子，要不发脾气，要不就哭，宝玉就只有立刻乖乖低头的份。

其次，方晓不仅喜闻善问，且乐于每日做头悬梁、锥刺股的宅男，其用功与恒定性打破了红色性格在写作节奏上率性而为、忽上忽下的规律。这样刻苦的结果，是《色品红楼》一书有着严谨的性格色彩逻辑体系，这在目录中就能看出端倪。除了职场红人凤姐出场较晚外，所有章节的排列都环环相扣、引人入胜，比如“宝黛恋爱报告”，相信小资美眉们会争相传阅，先睹为快；而“宝黛婚后会怎样”又将再次吸引缠绵少妇们掩卷内省，沉思良久。

第三，对大众而言，越深奥复杂的理论越不易传播，性格色彩学的传播强调复杂事物简单化，方晓雅致而不乏幽默的语言为这一核心原则提供了强大保障。比如这个题目，“有文化的焦大，会不会成为屈原”，看着就想乐。再看下面这段，黛玉如何应对宝玉的多情：

> 丫鬟辈如袭人，升了级，大不了也就是个妾，黛玉自不在意，还赶着袭人叫嫂子。然而一旦事关“金玉良缘”，情关宝钗、湘云时，越发留心起来，战备等级立刻提升。不过黛玉毕竟不是凤姐般的“醋缸醋瓮”，吃醋耍小性历来也是以委婉见长的，善于旁敲侧击、指桑骂槐，一会儿“暖香”“冷香”，一会儿“奇香”“俗香”，一会儿“姐姐”“妹妹”，一会儿“宝姑娘”“贝姑娘”，一会儿“金锁”“金麒麟”，总之变幻莫名，让人爱也不是恨也不是。也正因黛玉有此才，方许她妒，若是村妇撒泼，每次都拿同一个剧本来闹，想来宝玉早要烦了。

另外，方晓写作时并非目中只有“红楼”，心无旁骛。相反，点评“红楼”时，每每有其他引证相佐，使得文字轻灵丰富：

> 若是天幸，王子和公主成了亲，本该是如童话般从此过着幸福的生活，鲁迅先生早就问过“娜拉走后如何？”可见戏文是不可信的。琴棋书画烟酒茶，那是纳西族的男人，而宝玉当家，几百号人

的大家族，立刻就要开始面对柴米油盐酱醋茶。

做才子的，偏偏生于帝王之家，又偏偏做了帝王，那不得不是一种悲哀。“词人者，不失其赤子之心者也。故生于深宫之中，长于妇人之手，是后主为人君所短处，亦即为词人所长处。”李后主、宋徽宗，一个大诗人，一个大书法家，还有通音律、有诗才的陈后主，只因命太好，朝政不修，国破家亡。宝玉算不得真正的才子，不懂世故经济，倒是一样的，若由宝玉来掌家，只怕败落得更快些。宝哥哥陪林妹妹说话的时候谁来回事，宝哥哥大约也和木工皇帝朱由校一样的答案：我都知道了，你们去办吧。

由此方晓推断：

面对宝玉这个扶不起的阿斗，健康的宝姐姐好歹还能挨到他留下孩子考上进士，林妹妹的身子本来就弱，家里家外一折腾，思虑太过，只怕是个可卿的下场。就算万幸，撇下作诗、只顾家事的黛玉，还是宝玉心中的那个黛玉？只怕也要变成墙上的一抹蚊子血。芸娘若不是早夭，哪里来的《吃粥记》？唐晓芙嫁了人，或也就成了孙柔嘉。若如此，黛玉嫁不得宝玉，反是大幸了。

如此游刃有余的评点对象和畅快淋漓的推断，方晓不仅针对宝黛——这对知名度最高的文学红人，也囊括了众多其他的“红楼”人物：“被误读的贾政”（红色性格）、“居安思危的元春”（蓝色性格）、“吵架高手麝月”（黄色性格）、“迎春拖字诀——绿色的慢性自杀”…… 不说了，说多了难免有书托之嫌。

想当初方晓混迹于性格色彩学导师班众多学子中时，不擅言谈，性格平静，外表无特别过人之处。谁知蔫人出豹子，当其他人纷纷选择在讲台上慷慨激昂地传播“色”学时，方晓以自己喜欢的不张扬的方式发了内功，将心得从口头语言变为书面语言，成为其他未来诸如《色品三国》《色品西游》《色品水浒》系列的作者们的文字楷模。如今方晓的出现，让更多人看到运用性格色彩学结合自己的学问，然后衍生出更有力量的思想，不仅仅只是停留在可能的层面。

最后再揶揄一句：性格色彩学与“红楼”暗结珠玑，是早晚的事。曹爷把鸿篇巨制冠以这样一个名称，没准儿就是想给读者点“颜色”看看。如此说来，红色性格的方晓与“红楼”，怎一个“红”字了得？还是“色”的缘分啊。

得道高僧
与仙人的性格谈

岳麓寺的墙壁上有这么一幅《寒山拾得问对》图，图中的文字如下：

昔日，寒山子问拾得道：“世间有人打我、骂我、辱我、欺我、吓我、骗我、谤我、轻我、凌虐我、非笑我，以及不堪待我，如何处治呢？”

拾得答：“只是忍他、耐他、敬他、畏他、避他、让他、谦逊他、莫睬他，一味由他，不要理他，再过几年，你且看他。”

…………

寒山寺的导游们对两位高僧通常如是宣传：

寒山与拾得是唐代诗僧。寒山曾隐居于浙江天台寒岩，自号“寒山子”，他善于作诗，人称诗僧。其诗内容有释道思想，语言通俗，把深奥的佛学玄理用浅显的文字表达出来，有《寒山子诗集》

流传于世。拾得原是孤儿，被国清寺高僧在道上拾得收养，故名拾得。在《全唐诗》中收有寒山诗一卷300余首，拾得诗一卷50来首。据说寒山、拾得本是七世冤家，经丰干禅师点化，终于和好，朝夕相处，亲密无间。他们三人经常聚会谈禅，寒山、拾得以友善而齐名。清代雍正皇帝曾敕封寒山为“和圣”，拾得为“合圣”。所以民间讲的和合二仙，就是寒山、拾得。

我一直在寻思着像这样的出家的得道高人的性格。很多人总以为绿色性格天生平和，与世无争，定是出家人甚众，大谬矣！盖因假使这种性格早已心静如水，又何必出家？心不静者，方才需要借出家的形式修行以取得内心的宁静。

在佛经故事中，总是最聪睿最勤力的那个受了衣钵得成正果。聪睿如惠能不识字却能作偈；勤力的表现形式多样，舍身饲虎算一种，苦心孤诣修行、不受魔女诱惑的也算一种。就这样看来，也非得天性中勤力者方可修成正果。

《飞狐外传》中有一结尾：袁紫衣出家后改名圆性，轻轻念了首佛偈，和雪山飞狐胡斐告别，胡斐本想和她重叙旧情，但圆性不理他，双手合十轻念佛偈：

“一切恩爱会，无常难得久。生世多畏惧，命危于晨露。由爱故生忧，由爱故生怖。若离于爱者，无忧亦无怖。”

简单来说，就是告诫我们，一切畏惧、忧愁、恐怖都源于爱，因为爱是一种欲望。想跟一个人白头到老，是种欲求。先是怕不能成功地和一个人在一起，两个人结合了你又怕不能白头到老，怕他变心，所以有爱就有担忧，有爱就有恐惧。如何才能远离这些担忧和恐惧呢？没别的办法，只有不爱，就什么都不怕了，你什么都不爱，你就什么都不怕。

但是问题是袁紫衣出家就真能割舍这份爱吗？借出家的形式和手段来达到修炼的目的，这绝非绿色性格所为。

那么道家中的闲云野鹤的仙人们是否果真是绿色性格呢？

《太平广记》中提到一位姓韦的道士，素来沉默寡言而愚钝。他有时独坐山林，有时在雨雪中睡觉，他养了一只黄毛的小狗，时常到一座大寺院去讨剩饭给狗吃。某一天，当他去乞讨时，和尚们照例肆意侮辱他一番，但他毫不在意，等和尚们散去后，他来到一条小溪边给狗洗澡，五色的云彩弥漫了整个山谷。转眼之间，黄狗变成了数丈长的大龙，韦道士自己也洗浴更衣，“骑龙坐定，五色云捧足，冉冉升天而去”，和尚们再想行礼忏悔已经晚了。莫非俗人的侮辱和谩骂正是他修行的捷径?

近日看了《空谷幽兰》(汉学家比尔·波特寻访、对话终南隐士),书中陕西省道教协会任法融会长点出若干修行之真谛。

问:道教修行的目标是什么?

任:人的本性与天的本性是一致的。它的最高目标,就是“无”。一切事物都是与“无”一体的。实证这一点,不仅是道教的目标,也是佛教的目标。世界上的一切都在变化。道教徒和佛教徒在寻取的是那不变的东西。这就是他们不追名逐利的原因。他们寻求的只是“道”,就是我们生于兹回于兹的那个“无”。我们的目标就是要与这个过程融为一体。

问:一个人怎样才能达到这个目标呢?

任:这个事情是要分阶段的。成功有多种层次,达到目标是很难的。但是一旦你把这个作为自己的目标,每个人的能力是不同的,但是目标是一致的。只要你修行,最终你一定会成功。这个目标就是成仙,回归道之体。在佛教里,觉悟是主要目标。在道教里,觉悟是次要的。觉悟后你还要继续修行,直到逐渐地、非常自然地与道融为一体。如果你此生没有成功，那么你下一辈子还有机会。但是不修行的人就没有机会，他们的生命就此终结了。

问：一定要出家吗？

任：重要的是要过一种合符正道的生活。如果你不持戒，出家没有任何好处。持戒很重要。但是任何人，只要他过一种合符正道的生活，都能够做到这一点。这是修行的基础。戒律就是你对自己的要求。戒律使修行成为可能。如果你对自己不做要求，修行就会一无所获。

由此可见，要想做个优秀的出家人，也需要有坚定不移的目标和对自己的严格要求。这样看来，黄色性格和蓝色性格，对于出家人的修炼尤其重要，如果你想有大成就，锻炼这两种性格的特质是少不了的。对于那些从未立志要出家的芸芸众生，模拟练习的一种方式就是尝试一天之内不说话，佛门术语为“禁语”。尤其是对于红色性格，你试试看，就知道是什么滋味了。

附录A：
乐嘉性格色彩测试

测试前，请耐心细读以下文字：

在性格色彩培训班上测试的题目是一套专业版本。本书中的简版，只是希望助你快速了解自己。由于不同读者认清自己的难易不同，对题中每个词的理解也不同，本测试的答案仅供参考。并非所有人在完成这份测试后，都能得到符合自己的真实性格色彩。如果希望全面地看清自己、读懂他人，只能参加不同级别的研讨会，也可通过阅读其他性格色彩相关书籍增进理解。

答题时请注意：

- ○ 每题只能选一个答案。做完后累加。
- ○ 所有答案不存在好坏对错，请勿犹豫，按照内心真实的声音回答。
- ○ 请选择“最真实的”而不是“最好的”。你答的是“我是谁”，而非“我该是谁”或“我想是谁”！

/ 乐嘉性格色彩测试 /

1. 我的人生观是：

□A．人生苦短，体验越多越好，有可能就多多尝试。

□B．深度比宽度更重要，目标要谨慎，一旦确定就坚持到底。

□C．无论做什么，人生必须要有所成。

□D．不要太辛苦，好好活着最重要。

2. 如果去野外旅游，在下山返回的路线上，我更希望：

□A．好玩有趣，不愿重复，宁愿走新路线。

□B．安全稳妥，担心危险，宁愿走原路线。

□C．挑战自我，喜欢冒险，宁愿走新路线。

□D．方便省心，害怕麻烦，宁愿走原路线。

3. 在表达一件事情上，别人认为我总是：

□A．让人觉得有趣生动。

□B．表述极精确。

□C．没有废话，直切主题。

□D．很温和很平静。

4. **我希望人生是：**

□A．变化的。

□B．安全的。

□C．挑战的。

□D．稳定的。

5. **我认为自己在情感上的基本特点是：**

□A．情绪多变外露，常波动。

□B．外表抑制不易觉察，但内心一旦挫伤难以平复。

□C．不拖泥带水，直接。

□D．恒温，少起伏变化。

6. **控制欲上，我：**

□A．有去带动感染他人的欲望，但自控力不强。

□B．用规则来保持自控和对他人的要求。

□C．有掌控欲，希望别人服从我，痛恨试图控制自己的人。

□D．从不想去影响别人，乐意别人做决定。

7. **当与情人交往时，我倾向于：**

□A．尽情享受美好时光，爱意溢于言表。

□B．关照细腻，对对方的需求极其敏感。

□C．帮助对方成长是我最大的责任。

□D．迁就顺从的陪伴者和绝佳的聆听者。

8. 在人际交往时，我：

□A．心态开放，快速建立人际关系，朋友多但深交的少。

□B．缓慢审慎地进入，一旦认定是朋友便无比长久交往。

□C．交需要交的朋友。

□D．顺其自然，相对被动。

9. 我认为自己的本质是：

□A．有趣生机。

□B．深沉内敛。

□C．坚强自信。

□D．平淡和气。

10. 我做事的方式常常是：

□A．赶在最后期限的前一刻完成。

□B．自己精确地做，不麻烦别人。

□C．快速做完，再找下一个任务。

□D．该怎么做就怎么做。

11. 如果有人深深惹恼我时，我：

□A．内心受伤，当时认为绝不能原谅，但最终常会原谅。

□B．愤怒无法忘记，未来永远避开那个家伙。

□C．每个人都要为错误付出相应的代价，有机会要回应。

□D．常常算了，自认倒霉，尽量不提，避免难堪。

12. 在人群中，我最希望受到：

□A．欢迎。

□B．理解。

□C．尊敬。

□D．接纳。

13. 在工作上，我更多表现出的是：

□A．热忱，有很多想法与点子。

□B．追求完美且守诺可靠。

□C．行动迅速而有推动力。

□D．有耐心且慢步调。

14. 我过往的老师对我的评价最有可能是：

□A．善于表达和抒发情感。

□B．严格保护自己的私密，有时会显得孤独或不合群。

□C．动作敏捷，独立，且喜欢自己做事。

□D．反应度偏低，比较听话。

15. 朋友对我的评价最有可能的是：

□A．朋友中的开心果。

□B．值得信赖，非常靠谱。

□C．解决问题的高手。

□D．多听少说的老好人。

16. 在帮助他人的问题上，我倾向于：

□A．不主动，但若他来找我，那就帮。

□B．选值得帮的人帮。

□C．我若承诺，必定完成。

□D．热心，经常自告奋勇提出帮助别人。

17. 面对不熟悉的人对自己的赞美，我的本能反应是：

□A．没有赞美也无所谓，得到了也不至于欣喜。

□B．不需要那些没用的赞美，宁可他们欣赏我的能力。

□C．有点怀疑对方是否认真或立即回避很多人的关注。

□D．能得到赞美，总归是件令人愉悦的事。

18. 面对生活的现状，我更倾向于：

□A．外面怎样与我无关，我觉得自己这样还行。

□B．我不进步，别人就会进步，所以必须不停前进。

□C．问题未发生前，就该尽量想好所有的可能性。

□D．人生苦短，只有开心快乐最重要。

19. 对于规则，我内心的态度是：

□A．不违反规则，但可能因为松散而无法达到规则要求。

□B．打破规则，希望由自己来制定规则，而不是遵守规则。

□C．严格遵守规则，且竭尽全力做到规则内的最好。

□D．不喜被规则束缚，不按规则出牌，会觉得有趣。

20. 我认为自己做事方面：

□A．慢条斯理，按部就班，能与周围协调一致。

□B．目标明确，集中精力为目标努力，善于抓核心。

□C．慎重小心，为做好预防及善后，会尽心操劳。

□D．思路跳跃，灵活反应。

21. 在面对压力时，我常常：

□A．无助地等待。

□B．压力越大，抵抗力越大。

□C．自己慢慢消化压力。

□D．本能地回避，避不掉就用各种方法宣泄出去。

22. 当结束一段刻骨铭心的感情时，我会：

□A．顺其自然。

□B．一旦下定决心，就努力把阴影甩掉。

□C．深陷悲伤，长期难以自拔，也不愿再接受新的人。

□D．痛不欲生，要找朋友倾诉，寻求安慰和化解之道。

23. 面对他人的痛苦倾诉，我大多时候：

□A．静静地听，认同对方感受。

□B．做出判断。痛苦没用，要帮助对方解决问题。

□C．给予分析，安抚他的情绪。

□D．发表自己的评论，与对方的情绪共起落。

24. 我在以下哪个群体中谈话较感满足?

□A．心平气和，只要大家达成一致。

□B．彼此充分辩论，最终有结果。

□C．任何事都有条不紊地详细讨论。

□D．随意无拘束，开心自由地谈话。

25. 我觉得工作：

□A．最好没有压力，让我做我熟悉的工作就不错。

□B．只要能达成目标和成就，就必须做。

□C．要么不做，要做就做到最好。

□D．要像玩就太棒了，不喜欢的工作不想干。

26. 如果我是领导，我内心更希望在部属心目中，我是：

□A．可亲近的和善于为他们着想的。

□B．有很强的能力和富有领导力的。

□C．公平公正且足以信赖的。

□D．被他们喜欢并且觉得富有感召力的。

27. 我希望得到的认同方式是：

□A．有无认同都不影响我。

□B．精英的认同最重要。

□C．我在乎的那几个人认同就可。

□D．最好所有的人都认同我。

28. 当我还是个孩子时，我：

□A．不太会积极尝试新事物，通常比较喜欢旧有和熟悉的事物。

□B．是孩子王，大家经常听我的决定。

□C．羞见生人，有意识地回避。

□D．调皮可爱，在大部分的情况下是多动且热心的。

29. 如果我是父母，我也许是：

□A．不愿干涉子女或易被说动的。

□B．严厉或直接给予方向指点的。

□C．用行动代替语言表示关爱或高要求的。

□D．愿陪孩子一起玩，是孩子的朋友喜欢的。

30. 以下有四组格言，哪组里符合我感觉的数目最多？

□A．最深刻的真理是最简单和最平凡的。

要在人世间取得成功必须大智若愚。

好脾气是一个人在社交中所能穿着的最佳服饰。

知足是人生在世最大的幸福。

□B．走自己的路，让人家去说吧。

虽然世界充满了苦难，但苦难总能被战胜。

有所成就是人生唯一的真正的乐趣。

对我而言解决一个问题和享受一个假期一样美好。

□C．一个不注意小事的人，永远不会成就大事。

理性是灵魂中最高贵的因素。

切忌浮夸，与其说得过分，不如说得不全。

谨慎比大胆要有力量得多。

□D．与其在死的时候握着一大把钱，还不如活时活得丰富多彩。

任何时候都要最真实地对待你自己，这比什么都重要。

使生活变成幻想，再把幻想化为现实。

和喜欢的人在一起做喜欢做的事就是最大的快乐。

/“乐嘉性格色彩测试”的总数/

现在把两部分的答案汇总在一起，你将得到你的“乐嘉性格色彩测试”结果。

前1－15题合计数：		后16－30题合计数：	
A 的总数	（ ）	A 的总数	（ ）
B 的总数	（ ）	B 的总数	（ ）
C 的总数	（ ）	C 的总数	（ ）
D 的总数	（ ）	D 的总数	（ ）
小计	15	小计	15

红色：前A＋后D的总数	（ ）
蓝色：前B＋后C的总数	（ ）
黄色：前C＋后B的总数	（ ）
绿色：前D＋后A的总数	（ ）
总计	30

附录B：
乐嘉性格色彩说明

/ 红色天赋潜能 /

整体

○ 高度乐观的积极心态。
○ 喜欢自己，也容易接纳别人。
○ 把生命当作值得享受的经验。
○ 喜欢新鲜、变化和刺激。
○ 经常开心，追求快乐。
○ 情感丰富而外露。
○ 天真有童心，富有趣味。
○ 自由自在，不受拘束。
○ 喜欢开玩笑和调侃。
○ 别出心裁，与众不同。
○ 表现力强。
○ 容易受到人们的喜欢和欢迎。
○ 生动活泼，好奇心强。

交友

○ 真诚主动，热情洋溢。
○ 喜欢交友，善于与陌生人互动。

○ 富有个人魅力，擅长搞笑，是带来乐趣的伙伴。
○ 容易原谅自己和别人，不记仇。
○ 乐于助人。
○ 有错就认，很快道歉，发生冲突时，能直接表白。
○ 喜欢接受别人的肯定和不吝赞美。
○ 喜欢通过肢体接触传达亲密情感。

工作

○ 富有感染力，能够吸引他人参与。
○ 激发团队的热情。
○ 令人愉悦的工作伙伴，打破沉闷工作环境的开心果。
○ 常在紧张气氛下展现幽默与化解冲突的能力。
○ 完成短期目标时，极富爆发力。
○ 信任他人。
○ 善于赞美和鼓励，是天生的激励者。
○ 不喜欢太多的规定束缚，富有创意。
○ 反应快，闪电般开始。

/ 红色天性局限 /

整体

- 情绪波动大起大落，情绪控制人而非人控制情绪。
- 变化无常，随意性强。
- 鲁莽冲动，轻信他人，容易上当受骗。
- 虚荣心强，不肯吃苦，贪图享受。
- 喜欢走捷径，虎头蛇尾，不能坚持。
- 粗心大意，杂乱无章。
- 不肯承担责任，期待别人为自己的人生负责。
- 缺乏自控，毫无纪律。
- 容易原谅自己，不吸取教训。
- 不稳定和散漫。
- 拒绝长大。
- 借放纵来麻痹自己，以忘记痛苦和烦恼。
- 说话少经大脑思考，脱口而出，炫耀自己，夺人话题，不可靠，光说不练。

交友

- 缺少分寸，过度地玩笑和热情。
- 只想当主角。
- 只谈论自己感兴趣的话题。
- 健忘多变。
- 经常会忘记老朋友。
- 有极强的依赖性，脆弱而不喜欢独立。
- 好心办坏事。

- ○ 对于严肃和敏感的事情也会开玩笑。
- ○ 口无遮拦，不守秘密。

工作

- ○ 跳槽频率高，这山望着那山高。
- ○ 没有规划，随意性强，计划不如变化快。
- ○ 没有焦点，把精力分散在太多的不同方向。
- ○ 过高估计自己能力，一心多用却一事无成。
- ○ 觉得没有必要为未来做准备。
- ○ 不肯花幕后勤奋工作的代价，来获取更高殊荣。
- ○ 不切实际地希望所有的工作都要有趣味。
- ○ 只能应付短期的紧张。
- ○ 很难全神贯注，经常走神。
- ○ 异想天开，难以预料。
- ○ 工作绩效和干劲受到情绪极大的影响。
- ○ 注意力分散，不能专注倾听，插话。
- ○ 吹牛不打草稿，疏于兑现承诺。

/ 蓝色天赋潜能 /

整体

○ 严肃的生活哲学。
○ 沉默寡言，老成持重。
○ 注重承诺，可靠安全。
○ 谨慎而深藏不露。
○ 坚守原则，责任心强。
○ 遵守规则，生活井井有条。
○ 深沉有目标的理想主义。
○ 敏感细腻。
○ 高标准，追求完美。
○ 谦和稳健。
○ 善于分析，富有条理。
○ 待人忠诚，富有自我牺牲精神。
○ 深思熟虑，三思而后行。
○ 坚韧执着。

交友

○ 默默地为他人付出以表示关切和爱。
○ 享受敏感而有深度的交流。
○ 设身处地地体会他人。
○ 谨守分寸。
○ 对友谊忠诚不渝。
○ 真诚关怀朋友的境遇，善于体贴他人。
○ 能够记得特殊的日子。

○ 朋友遭遇难关时，极力给予鼓舞安慰。
○ 很少向他人表达内心看法。
○ 除非必要，否则很少谈及个人隐私。
○ 经常扮演分析和解决问题的角色。

工作

○ 强调制度、程序、规范、细节和流程。
○ 做事之前首先计划且严格按照计划去执行。
○ 喜欢探究及根据事实行事。
○ 先评估风险、障碍及其他状况。
○ 喜欢一切事情都按照预期发展。
○ 尽忠职守，追求卓越。
○ 高度自律。
○ 喜欢用表格、数字来验证效果。
○ 注重承诺。
○ 一丝不苟地进行工作。

/ 蓝色天性局限 /

整体

- ○ 高度负面的情绪化。
- ○ 猜忌心重，不信任他人。
- ○ 太在意别人的看法和评价，容易被负面评价中伤。
- ○ 容易沮丧，悲观消极。
- ○ 陷于低落的情绪无法自拔。
- ○ 情感脆弱抑郁，有自怜倾向。
- ○ 杞人忧天，庸人自扰。
- ○ 最容易患抑郁症。
- ○ 过于阴沉的面孔，让人感觉压抑，不容易接近。
- ○ 习惯以防卫的状态面对别人。

交友

- ○ 过度敏感，有时很难相处。
- ○ 强烈的不安全感。
- ○ 远离人群。
- ○ 喜好批判和挑剔。
- ○ 吝于宽恕。
- ○ 以为别人能够读懂自己的心思。
- ○ 强烈期待别人具有敏感度和深度，能够理解自己。
- ○ 经常怀疑别人的话，不容易相信他人。

工作

- ○ 原则性强，不易妥协。
- ○ 过度计划和过度未雨绸缪。
- ○ 患得患失，行动缓慢。
- ○ 较真，挑剔他人及自己的表现。
- ○ 专注于小细节，因小失大。
- ○ 吝啬表扬，强烈的形式主义。
- ○ 容易被不理想的成绩击垮斗志。
- ○ 墨守成规，死板教条不懂变通。
- ○ 为了维护原则缺乏妥协精神。

整体

○ 不达目标誓不罢休，不停地给自己设定目标。
○ 把生命当成竞赛。
○ 行动迅速，精力充沛。
○ 意志坚强。
○ 自信、不情绪化，而且非常有活力。
○ 坦率，直截了当，一针见血。
○ 强烈的进取心，居安思危，不退则进。
○ 独立性强。
○ 有强烈的求胜欲望。
○ 不畏强权，勇敢，并敢于冒险。
○ 不易气馁，不在乎外界的评价，坚持自己。
○ 危难时刻挺身而出。
○ 讲究速度和效率。
○ 敢于接受挑战并渴望成功、胜利。
○ 不受情绪干扰和控制。

交友

○ 给予解决问题的方法，而非纠缠于过去。
○ 迅速提出忠告和方向。
○ 直言不讳地提出建议。

工作

○ 动作干净利落，讲求效率。

○ 能够承受长期高强度的压力。
○ 强烈的目标趋向，善于设定目标。
○ 高瞻远瞩，有全局观念。
○ 善于委派工作。
○ 坚持不懈，促成活动。
○ 掌握重点执行。
○ 天生的领导者，富有组织能力。
○ 竞争越强，精力越旺，愈挫愈勇。
○ 寻求实际的解决方法。
○ 高度以结果为导向。
○ 当机立断，善于快速决策并处理所遇到的一切问题。
○ 富有责任感。
○ 能够直接抓住问题的本质。

/ 黄色天性局限 /

整体

- ○ 自己永远是对的，死不认错。
- ○ 趾高气扬。
- ○ 只关注自己的感受，不体贴别人的心情和想法。
- ○ 以自我为中心，自私倾向。
- ○ 霸道。
- ○ 脾气暴躁，容易发怒。
- ○ 缺乏同情心，喜欢争辩和冲突，严酷且自以为是的审判者，态度尖锐严厉，批判性强，控制欲强。
- ○ 傲慢自大，目中无人。
- ○ 经常紧绷自己的情绪。

交友

- ○ 大多时候仅保持理性的友谊。
- ○ 讨厌与犹豫不决、能力弱的人互动。
- ○ 除了工作内容，很少交谈其他话题。
- ○ 情感上习惯与人保持一定的距离。
- ○ 很少对人流露出直接诚挚的关怀。
- ○ 需要你的时候才找你。
- ○ 为别人做主。
- ○ 铁石心肠，对情绪表现冷淡。
- ○ 毫不敏感，无力洞察他人内心和理解他人所想。
- ○ 缺乏亲密分享的能力。
- ○ 缺乏耐心，是非常糟糕的倾听者。

○ 容易让他人的工作或生活步调紧张。

工作

○ 生活在无尽的工作当中而不是人群中。
○ 数量远比质量重要。
○ 目标没有完成时，容易发怒且迁怒于人。
○ 寻求更多的权力，有极强的控制欲。
○ 拒绝为自己和他人放松。
○ 完成工作第一，人际关系第二。
○ 为了自己的面子，不妥协且毫不认错。
○ 对于竞争结果过分关注而忽略过程中的乐趣。
○ 武断、刚愎自用且一意孤行。
○ 很难慢下来，缺少生命乐趣的工作狂。
○ 未明察就急于改变，急于求成。
○ 粗线条，简单粗暴。
○ 缺乏耐性，抗拒批评。
○ 不习惯赞美别人。
○ 说话有时咄咄逼人。
○ 不太能体谅他人，对行事模式不同的人缺少包容度。

/ 绿色天赋潜能 /

整体

- ○ 爱静不爱动，有温柔祥和的吸引力和宁静愉悦的气质。
- ○ 和善的天性，做人厚道。
- ○ 追求人际关系的和谐。
- ○ 奉行中庸之道，为人稳定低调。
- ○ 遇事以不变应万变，镇定自若。
- ○ 知足常乐，心态轻松。
- ○ 追求平淡的幸福生活。
- ○ 有松弛感，能融入所有的环境和场合。
- ○ 从不发火，温和、谦和、平和，三和一体。
- ○ 做人懂得“得饶人处且饶人”。
- ○ 追求简单随意的生活方式。

交友

- ○ 从无攻击性。
- ○ 富有同情和关心。
- ○ 宽恕他人对自己的伤害。
- ○ 能接纳所有不同性格的人。
- ○ 和善的天性及圆滑的手腕。
- ○ 对友情的要求不严苛。
- ○ 处处为别人考虑，不吝付出。
- ○ 与之相处轻松自然又没有压力。
- ○ 最佳的垃圾宣泄处，鼓励他们的朋友多谈自己。
- ○ 从不尝试去改变他人。

工作

- ○ 高超的协调人际关系的能力。
- ○ 善于从容地面对压力。
- ○ 巧妙地化解冲突。
- ○ 能超脱游离政治斗争之外，没有敌人。
- ○ 缓步前进以取得思考空间。
- ○ 善于为别人着想。
- ○ 创造稳定性。
- ○ 用自然低调的行事手法处理事务。
- ○ 以柔克刚，不战而屈人之兵。
- ○ 避免冲突，注重双赢。
- ○ 心平气和且慢条斯理。
- ○ 最佳的倾听者，极具耐心。
- ○ 擅长让别人感觉舒适。
- ○ 松弛大度，不急不徐。

/ 绿色天性局限 /

整体

○ 按照惯性来做事，拒绝改变，对于外界变化置若罔闻。
○ 懒洋洋的作风，原谅自己的不思进取。
○ 懦弱胆小，纵容别人欺压自己。
○ 期待事情会自动解决，完全守望被动。
○ 得过且过。
○ 莫名地害怕人际的冲突。
○ 无原则地妥协，不负责任。
○ 不愿意争取应该得到的利益。
○ 逃避问题与冲突。
○ 太在意别人反应，不敢表达自己的立场和原则。
○ 没有自我，迷失人生的方向，缺乏激情。

交友

○ 不负责任地和稀泥。
○ 姑息养奸的态度。
○ 压抑自己的感受以迁就别人。
○ 期待让人人满意，对自己的内心不忠诚。
○ 漠不关心，懒于参与任何活动。

工作

○ 安于现状，不思进取。
○ 甘于平庸，缺乏创意。

- 害怕冒风险，缺乏自信。
- 拖拖拉拉。
- 缺少目标。
- 缺乏自觉性。
- 懒惰而不进取。
- 马虎敷衍。
- 宁愿做旁观者也不肯做参与者。
- 一拳打在棉花上，毫无反应。
- 没有主见，把压力和负担通通转嫁到他人身上。
- 不会拒绝他人，给自己和他人都带来无穷麻烦。
- 行动迟钝，慢慢腾腾。
- 避免承担责任。

图书在版编目（CIP）数据

人之初，性本“色”/ 乐嘉著. — 长沙：湖南文艺出版社，
2013.11
ISBN 978-7-5404-6368-7

Ⅰ. ①人… Ⅱ. ①乐… Ⅲ. ①随笔–作品集–中国–当代
Ⅳ. ① I267.1

中国版本图书馆 CIP 数据核字（2013）第 190433 号

上架建议：通俗心理读物

人之初，性本“色”

作　　者：乐　嘉
出 版 人：刘清华
责任编辑：薛　健　刘诗哲
监　　制：刘　丹
特约编辑：刘　霁
出版发行：湖南文艺出版社
（长沙市雨花区东二环一段 508 号　邮编：410014）
网　　址：www.hnwy.net
印　　刷：三河市华东印刷有限公司
经　　销：新华书店
开　　本：880mm × 1230mm　1/32
字　　数：120 千字
印　　张：7
版　　次：2013 年 11 月第 1 版
印　　次：2020 年 7 月第 2 次印刷
书　　号：ISBN 978-7-5404-6368-7
定　　价：36.00 元
（若有质量问题，请致电质量监督电话：010-84409925）